フローリストの厄介な純愛
〜ニオイスミレとローズマリー〜

Tomo Makiyama
牧山とも

CHARADE BUNKO

Illustration

古澤エノ

CONTENTS

「いらっしゃいませ。こちらのお席へどうぞ」

来店してきた四人連れの女性客に、桜森奏真が笑顔で声をかけた。

近くの会社に勤める常連で、週に一回は訪れてくれている。

空いていた奥の席に案内し、彼女たちがメニューを眺めている間にお冷やとおしぼりを運んでいく。

それぞれにサーブしていると、感嘆まじりに言われる。

「今週初の桜森さん観賞ランチね」

「ほんと、いつ見ても麗しいわ」

「まさに眼福」

「午後からのエネルギーチャージにぴったり」

かけられた言葉は、いつもの社交辞令と受け取る。

社会ではそうやって円滑な人間関係が図れると思っていた。接客業に従事する身で、すべてを真に受けていたら大変だ。かといって、何事もなかったように受け流すのは失礼なため、当たり障りなくを心がけて応じる。

「恐縮です。僕でよろしければ、お気がすむまでご覧になってけっこうですので」

「……」

微笑を湛えて答えると、双眸を瞠って押し黙られた。

微妙にずれた返答をした自覚はなかった。普通のやりとりを終えた気分で、悠然と一同を見て言い添える。

「ご注文がお決まりになりましたら、お呼びください」

「え、ええ……わかりました」

「では、失礼いたします」

丁重に告げて、いったんその場を離れる。

視線の先の壁掛け時計は十二時を十分ほど回った時刻を指していた。

見回した店内は、昼時で混雑しつつあった。四人掛けのテーブルが五席、二人掛けのテーブルが十席とこぢんまりしたシックな内装の店は、『Cafe Cherish』というハーブティー専門のカフェだ。

ハーブティー専門店とあり、客層の八割が女性だった。フレッシュな朝採れハーブのみを贅沢に用いているせいか、好評を得ている。

メインはハーブティーながら、料理やスイーツも供する。

オープンしてまだ三年弱だが、口コミで評判が広がった。ありがたくも固定客がつき、噂(うわさ)を聞いた新規の客も訪れてくれる。

元々は、鎌倉(かまくら)にある四階建て自社ビルの一階で両親が営んでいたフラワーショップ『Cherish Garden(チェリッシュ ガーデン)』を奏真が引き継いだことに端を発する。

同時期に、契約が切れた上階のテナントが出ていった。それを契機に、三階ではフラワーアレンジメントとスワッグ、ボタニカルアートの教室を催し、二階に祖父母の代から花農家を営む実家で栽培したハーブやエディブルフラワーをはじめ、地元産の野菜だけを使ったカフェを開くのを思いついた。

スワッグというのは、ヨーロッパなどで人気の伝統的なクリスマスの壁飾りだ。

クリスマスシーズンだけでなく一年中、季節の草花やハーブを用いたものを飾っておける。そのため、最近は自ら手づくりしようという人が多い。

ボタニカルアートは植物の姿を植物学の観点から、各品種の特徴や細かい部分の構造までを正確かつ、ありのままに芸術性を持たせて美しく描く絵画を指す。

実物の植物を見ながら鉛筆かシャープペンシルで原寸大で白い水彩紙に輪郭を描き、水彩絵の具で着色していく。背景や花瓶(かびん)といった植物以外のものは描かない。

ボタニカルアートのぬりえも流行(はや)っているらしく、そこから興味を抱いた人が自分でも描いてみたいと訪れるパターンも少なくなかった。

　これらの花に関するワークショップとカフェを始めて、予想以上に大評判になって以来、オーナー兼フローリストとして充実した日々を送っている。

　カフェの営業時間は十一時から十七時まで、ランチタイムは十一時半から十三時半、オーダーストップは十六時半だ。

　フラワーショップのほうは十時から十八時までなので、自分は一階と二階を行き来している。

　フラワーショップは四歳下で二十六歳になった弟の実弦（みつる）に任せていた。

　実弦はフラワーショップを切り盛りしつつ、フラワーアレンジメント教室を毎週月曜日と金曜日に、スワッグ教室を水曜日に開いている。

　ボタニカルアート教室は奏真の友人の羽瀬晴菜（はせはるな）を招いて、毎週火曜日と土曜日の週二回の開催だ。

　ちなみに、ビルの四階は法律事務所が入っていて、所長をはじめほかの弁護士や所員も足繁くカフェに来てくれる。

「奏真さん」

「なに？」

　話しかけてきたのは、カフェのマネージャーを務める蓮見紘哉（はすみひろなり）だ。

二十八歳の蓮見は大学の後輩で、古いつきあいになる。気心が知れている上、とても気がつくタイプゆえに、カフェを開く際に声をかけた。

断られるかもという懸念をよそに快諾されてうれしかったし、助かった。

彼が大学院でハーブを研究していた経歴も当然、大きい。

ハーブ好きが高じ、日本ハーブ検定と日本メディカルハーブ検定の資格も有する。

一人暮らしのマンションのベランダにプランターを置いて、ハーブを育てている。その日の気分や体調によって、自家製ハーブティーを楽しんでいるとか。

本人は単なるハーブオタクと笑うが、専門知識があることは素晴らしい。

実際、体調について蓮見に相談し、症状に合ったハーブティーを配合してもらって飲んでいく常連客もいた。

蓮見考案のオリジナルハーブティーを売ってほしいとの声もある。

当初はフレッシュなハーブにこだわる彼が難色を示していたけれど、要望の多さに現在、前向きに検討中だった。

奏真の自宅で栽培しているハーブも、蓮見が厳選したものだ。

店が定休日の木曜日以外、桜森家へ毎日手入れに通ってくるほどの熱の入れようが彼らしかった。

「今、大丈夫ですか？」

「うん」

「じゃあ、三番席のお客様の追加オーダーを伺ってきてもらえますか」

「わかった」

「お願いします」

おそらく、取ってきた注文を厨房に通しにいく途中、別の客から追加オーダーを頼まれたのだろう。

蓮見のことだから、今のように混んでいるときには二、三組分の客のオーダーくらいは、すでに聞いている可能性もあった。

もっと受けられる余裕はあるが、客が急いでいるのかもしれない。

バックヤードに向かう背中を見送った。リムレスの眼鏡を指先で軽く上げて、指定された席に足を運ぶ。

奏真と同じ白いショップシャツに黒いスラックス、黒のカマーエプロンという制服姿の彼は物静かで理知的な整った相貌だ。一八〇センチ台後半に届く上背と相俟って、人目を引く。

実弦も凛々しく精悍な容貌で一八〇センチあった。平均身長の自分と長身の彼らが並ぶと、いくぶん身長差が目立つ。

実弦の制服はグレーのショップシャツに黒いパンツ、膝丈のリネンエプロンだ。

フラワーショップで接客するときは、奏真もこちらに着替える。

追加オーダーを取って厨房に通したあと、さきほどの四人連れの女性客のもとへ行ってみた。

合計八つの目が、かなり熱量の高い視線を送ってくる。

早速、好きなだけ見物中なのだろうと気に留めず、にこやかに訊ねる。

「ご注文はお決まりですか?」

「はい。私はガレットランチで」

「わたしはピザランチにします」

「私と彼女はパスタランチをお願いします」

「かしこまりました。お飲み物はいかがなさいますか?」

「ええと…」

セットにつけられる飲み物を各々に選んでもらってうなずき、オーダーを繰り返して確認する。

各ランチメニューは具材は週替わりだが、常にこの三種類だ。

飲み物は数種類の中から選択できるようになっている。

ハーブティーのほかにコーヒーや紅茶、フルーツジュースなども一応あり、それぞれにミントが添えてあった。

スープは日替わりで、その日によって材料も味も違う。

今週のガレットランチは、目玉焼きとイベリコ豚のハムとグリュイエールチーズと朝採れクレソンのガレット、マッシュルームのスープ、自家製リュバーブとフランボワーズのコンフィチュールのクレープ・バニラアイス添えだ。

ピザランチはフレッシュバジルソースと生モッツァレラと自家製生ハムとフレッシュトマトのマルゲリータ、エディブルフラワーと鎌倉野菜のサラダ、イチジクのコンポート・ローズヒップティー風味となっている。

パスタランチのパスタは、サーモンのクリームパスタとレモンパスタの二種類があり、どちらもエディブルフラワーが散らしてある。これにマッシュルームのスープ、ミニサイズのローズのパフェがついたセットだ。

飲み物はローズ、ジンジャー、エルダーフラワーのコーディアルが頼まれた。

「しばらくお待ちくださいませ」

一礼して踵を返し、オーダーを厨房に通す。

厨房にいるのは、元はイタリアンシェフの外山清章だ。従業員の片野義人がパティシエ兼シェフの外山のサポートについていた。

二十二歳と店で最年少の片野はオープン時からのスタッフで機転が利く。器用になんでもそつなくこなし、性格も明るかった。

外山がつくるイタリアンはもちろん、スイーツも絶品だった。

特にチーズケーキ全般が得意で、薔薇の花びらのエキスのジュレを流し込んだローズとラズベリーのレアチーズケーキが人気が高い。

美味しくてＳＮＳ映えもするため、食べる前にスマートフォンで写真を撮る人が多数を占める。

別に、店の情報を個人で発信されてもかまわないスタンスを取っていた。

好意的な批評ばかりとは限らないものの、あまり堅苦しくしたくない。

現時点では、個々の要望に沿ったハーブティーを提供するサービスが特に喜ばれているようで、批判的な評価はなくて安堵している。

もちろん、外山の料理とスイーツも同じくらい評判がよかった。

寡黙だが向上心がある外山は週ごとにランチメニューを考えてくれて、スイーツの新商品開発にも余念がない。

蓮見が考えるハーブティーと双璧をなす、店の看板といえる。

いよいよ満席になり、ランチタイムは客足が途切れず盛況を呈してきた。

「蓮見くん、そっちを六番テーブルに運んでくれる？」

「了解です。戻りに、一番テーブルでハーブティーのリクエストを伺ってきます」

「ＯＫ」

「なにかあれば、遠慮なく言ってくれていいので」

「大丈夫だよ」

ホール係は蓮見と二人なので、ランチタイムの間だけはかなり忙しくなる。それでも、手が回らないほどでもなかった。

客が希望するハーブティーを一から組み合わせて煎れて運んでしまうまで、元来、手際のいい彼はたいして時間がかからないせいだ。だから、ランチタイムでもあえてこのサービスをやっていた。

今の時間帯にしか来られない人もいるかもしれないと思うと、なおさらだ。

蓮見が煎れるハーブティーは実に美味しいので、できる限り、いろんな人に飲んでもらいたい。

「ランチセットが載ったトレイで両手がふさがってるからって、もうひとつのトレイを頭にも載せて運ぼうなんて思わないでくださいよ」

「思っただけで、やらなかったよね」

「奏真さんはやりかねないので」

「わかった。もし、そうなったらほかの方法を考える」

「なんとも不安な答えなんですが」

「実践する前に、きみに言うから」

「ぜひ、その方向でお願いします」

「うん。ほら、お客様が待ってるよ」

「ええ」

苦笑まじりながらも、懸念を隠さない目線を向けてくる彼の背中を押しやり、自らも忙しく立ち働く。

相変わらず心配性というか、面倒見がいいと胸が温かくなる。

年下にもかかわらず、蓮見は昔からそうだった。冷静かつ鷹揚な性格で何事にも動じず、包容力があり、気も利いて、なにかと頼りになった。

実弦に言わせれば、宇宙規模に度量が広すぎて摑みどころがないらしい。

そんな彼とは、知り合った頃から意気投合した。留学中以外は一緒に過ごす時間がわりと多かった。

留学中も比較的、まめに連絡を取り合っていた。

今日も、日課になっている出勤前の桜森家訪問で奏真専用の畑があるビニールハウスに寄り、植えられたハーブや花の手入れをしていた蓮見を思い出す。

畑に直行はせず、毎朝、奏真の実家に顔を出し、両親と祖父母にきちんと挨拶を欠かさない礼儀正しさだ。

大学時代に『Cherish Garden』で四年間アルバイトをした彼は、両親の覚えもよかった。

広大な敷地内で育てられた様々なハーブや花々は、今も昔も一階のフラワーショップで販売している。

自宅の畑でエディブルフラワーとハーブを必要なだけ摘んでから、蓮見の車に乗せてもらって職場に行く。

ランチで使う分は外山に渡し、彼はハーブティーで用いるハーブの準備をする。

実弦は早朝から花市場に出かけているのでいなかった。それ以前に、就職を機に家を出て藤沢にあるマンションで一人暮らしをしている。

蓮見のマンションは奏真の自宅から車で五分ほどの距離にあった。

出身が長野県の彼は大学進学と同時に実家を離れ、上京したらしい。大学在学中の夏休みに奏真も遊びにいったが、風光明媚なところで食べ物も美味しかった。

今朝もじっくりと収穫中の蓮見を後目に、ビニールハウス内を見遣った。

四月も下旬にさしかかっているけれど、今年は天候が定まらない。

ぽかぽか陽気もあれば、寒かったり、暑かったりする。その影響で服装にも頭を悩ませる日々だ。

肌寒い今日は、シャツにカーディガンを合わせ、ベージュのテーパードパンツを穿いて、ブルーのスプリングコートを羽織っていた。

ビニールハウス内は一定の温度に保たれているので、外よりは過ごしやすい。

青々と生(お)い茂るレモンバームに近づいて双眸を細めた。

「大きくなったね。葉もつやつやだ」

当然のように話しかけながら、目の前のレモンバームに優しく触れる。触れた指先から、生命力が伝わってくる気がした。

「健康そうでなにより」

活力を分けてもらった心地になり、愛(いと)おしい手つきでさらに撫(な)でる。

祖父母が花農家を、両親がフラワーショップを営んでいた環境もあって、子供の頃から植物に親しんできたせいか、植物全般が大好きだった。その延長で、実家の畑をはじめ、店頭にあるもの、街中の街路樹やガーデニングの花など、いろんな場所で見かけた植物にも当たり前みたいに話しかけてしまう。

答えは返ってこないが、緑に触れていると自分もとても元気になれた。

たまに変人扱いされると、こちらが驚く。ペットと日常的に会話するのと、どこが違うのか疑問だ。

同じ生き物なのに、動物に話しかけるのは普通で、植物だと変だなんておかしい。

そう言ったら、ますます白い目で見られて途方に暮れた。

同性以上に、異性は顕著(けんちょ)な反応を示す。ある一定の好意を口にした女性は特に、もっとスマートな人かと思っていたから幻滅と早々に離れていった。

男で不思議ちゃんキャラはドン引きと眉をひそめられても、困惑する。キャラというか、素でしかないせいだ。しかも、物事の受け止め方が独特すぎてついていけないともクレームをつけられる。

そんなことを言われても、簡単には変えようがない。

あまり頼りない自覚はあったが、そこの部分は元来の性格だけに弱り切った。

ナチュラルに植物と話す奏真を、家族は環境的にも自然ななりゆきと受け入れている。注意された記憶は一度もなかった。

身内以外では今のところ、蓮見だけが寛容な態度でいてくれる。

成長しても植物好きは変わらず、進路も自然と大学の農学部に進んだ。

フラワーショップを継ぐのを前提に、卒業後はイギリス・フランス・ベルギーに四年間、花留学した。

花農家は実弦が引き継ぐ予定だった。兄弟で協力して、蓮見や外山の力も借りて努力を惜しまずやっていくつもりだ。

片野も含め、彼らがいてくれるので、とても心強かった。

「昨日までつぼみだったのに、可愛い花を咲かせてるね」

次はリナリアの可憐な花を見つけて、ほっこりする。花びらは気を遣って避けて萼の部分の下に手を添えた。

気のせいにせよ、いちだんと瑞々しさを増したようで楽しくなる。口元をほころばせた奏真に低い声が届く。

「奏真さん」

「ん？」

「あなたに触られて花たちが喜ぶのはいいんですが、過剰接触は育ちすぎますよ」

「また冗談ばっかり言って」

「事実でしょう。『緑の手』の持ち主なんですから」

「蓮見くん」

「それも、魔性のっていう形容詞がつきます」

「だから違うってば」

振り返り、摘んだハーブ類を専用の保存容器に入れて持った蓮見を呆れて見上げた。

彼が言うには、奏真が育てた植物はなんでも異様に育ち、切り花も異常に長持ちするらしい。しかも、あらゆる植物から好かれていて、奏真のそばにあると生気に満ちあふれるとか。

そんなことはないので否定するが、毎回、笑っていなされる。

また、奏真が世話をしているものは、どれも並外れて味も風味も色も凝縮された絶品なのだそうだ。

　自分にとっては味のレベル、クオリティともに、それがずっとスタンダードなので普通に美味しいとの感覚でしかなかった。

「あいにく、違いません」

「僕は単純に、この子たちが大好きなだけだよ」

「わかってます。奏真さんのピュアな想いが込められた接触に、植物が応えるシステムですよね」

「……そうなのかな…？」

「というわけで、触れるのはほどほどに願います」

「どうして？」

「あなたが触りすぎると、味に影響が出るので」

「え？」

　意外な返事に一瞬、呆然となった。気を取り直して、どういうことだと目を瞬かせて蓮見を見つめた。

　グレーのニットに黒のパンツ、ダークブラウンのショート丈のアウターという私服姿で、穏やかな表情のまま返される。

「接触過多で、せっかくのエディブルフラワーやハーブの味が絶品を通り越して、えぐみが強い漢方（かんぽう）風味になるかと」

「漢方⁉」

「ええ」

真顔でうなずかれて、たしかにそれは困るかもしれないと納得する。その傍ら、漢方の味わいのハーブとエディブルフラワーにも興味がわいた。

どんな感じなのだろうと想像をふくらませる寸前、彼がつづける。

「おもしろそうだなって思ってますね？」

「なんでわかったの？」

「奏真さんは考えてることがわりと顔に出ますよ」

「接客業だから気をつけてるつもりなのに、まだまだだね」

「感情表現が豊かでいいんじゃないですか」

「そんな問題かな」

「はい。むしろ、あなたが畑中の植物に触りすぎるほうが大問題です」

エディブルフラワーとハーブ全部が漢方風味になっては、店の存続にかかわる。

過度な接触は控えてほしいと告げた蓮見の目に宿る、どことなく悪戯（いたずら）っぽい色に気づき、もしかしてと怪しんだ。

きちんと確かめるべく、問いかけてみる。

「……蓮見くん、僕をからかってる？」

「いえ。真剣です」

「目が笑ってるよ？」

「ばれましたか」

「やっぱり」

潔く認めた彼が口角を上げて、小さく肩をすくめた。

悪ふざけしそうにないまじめな雰囲気の持ち主のわりに、意外と茶目っ気があるので油断は禁物だ。

思ったとおりと息をつくと、やんわりと言い添えられる。

「すべてが冗談じゃありませんから」

「少しは本気なの？」

「そうです」

「そっか。僕はどうすればいいんだろう」

「こんなことを言われても怒らないのは、奏真さんらしいですね」

「怒ればよかったんだ。でも、今さらだよね」

「おおらかな人だな」

「それって、実弦がよく言う『天然』ってこと？」

「まあ、そういうニュアンスも含まれてます」

「なんか、複雑…」

「いい意味で、ですよ」

「よくても悪くても、うれしくないし」

自分が天然だとは思っていないので、眉をひそめた。笑いを堪(こら)えるような顔つきの蓮見を認めて、ますますおもしろくない。

おもむろに手が伸ばされてきて、奏真の眉間に長い指先が触れた。

なんだと視線で訊(き)くと、そこを撫でながら返される。

「せっかくのきれいな顔に、しわを刻んだらもったいないです」

「蓮見くんのせいなんだけどな」

「すみません」

「というか…」

「なんです?」

「きれいなのは僕じゃなくて、きみとか実弦だしね」

「…突っ込みどころは、そこなんですね」

「本当のことだから」

「…そうですか」

「そうだよ。あ。ちょっと訂正」

どちらかといえば、きれいよりもかっこいいかもしれなかった。二人とも男性的な美形なので、そのほうがしっくりくる。

正した分も伝えたら、苦笑いで今度は髪をかき混ぜられた。

蓮見はボディタッチが好きらしく、ハグもよくされる。最初の頃は少し戸惑ったが、弟も彼と似たタイプだったので、ほどなく慣れた。

かといって、家族と蓮見以外の同性に触れられるのは遠慮したい。握手くらいならともかく、わりと誰ともすぐに打ち解けられる奏真でも、それ以上は男女を問わず親しくなければ控える。

おそらく、誰もが同じような考えだろう。

気が置けない彼だから特に気にならなかったし、親愛の意味と理解している。今では、そばにいて当然という感覚の存在とあって余計だ。

髪に触れてくる蓮見の手を心地よく受け止めつつ、微笑む。

「きみは触れ合うのが好きだね」

「…嫌なら、やめます」

「全然、嫌じゃない」

「よかった」

「蓮見くんや実弦だと平気かな」

「たしかに、実弦くんも隙あらばあなたに抱きついてますね」

「あれは子供の頃からの癖でね」

「癖、ですか」

「僕が植物に話しかけるのと同じ」

「あなたのは可愛らしいものですが」

「実弦のもそうだよ。仕事で忙しくて家にあまりいなかった両親と祖父母にかわって、僕が面倒を見てたせいか、お兄ちゃん子に育っちゃって」

「彼が重度のブラコンなのは間違いありません」

「一般的な兄弟以上に仲がいいのは認めるよ」

いつも奏真の後ろをついて歩いていた弟は、兄のすることになんでも関心を持った。自分に引けを取らないほど、実弦も植物好きだ。

二年間に及ぶフランスでの花留学もしていて、そのときの経験をフラワーアレンジメントとスワッグ教室で活かしている。

ありがたいことに、どちらの教室も三か月先まで予約が埋まっていた。

ボタニカルアート教室に至っては、半年先まで空きがない状況だった。

生徒のほとんどが女性とあり、蓮見には集中力が高まるようなハーブティーを、外山にはプティガトーを週替わりでつくってもらい、差し入れするのが定番だ。

実弦と羽瀬の教え方やセンスが好評なことに加えて、ハーブティーとスイーツのサービスも喜ばれている。

おかげで教室の予約受付を始めると、瞬く間に埋まってしまうという、うれしい事態が繰り返されていた。

現在の実弦を頼もしく思う反面、昔を懐かしみながら言う。

「実弦が小さかったときは抱っこしてあげられたんだけど、今は僕よりも逞しくなってて無理だし」

「諸々考慮して、やめたほうが無難でしょうね」

「うん。大きく育った実弦を抱いて腰を痛めるのは、僕も避けたい」

「いっそ清々しいくらいに突き抜けた鈍さが、なんとも…」

「なに?」

最後に早口で呟かれた発言を聞き逃してしまう。訊ね返すも、なんでもないと微笑まれながらハグされた。

そういえば、蓮見は実弦にはあまりボディタッチをしない。それとも、自分が知らないところでしているのだろうか。

身体が離れたタイミングを見計らって訊いてみる。

「実弦とは触れ合ってるの？」

「は？」

端整な眉を片方上げた訝しげな表情の彼と目が合った。

日頃、実弦となにかと話をする様子を見ているので、彼らは気が合うらしいと微笑ましく思っている。

「きみたちがハグしたりしてるの、見たことないなと思って」

「でかい男同士の戯れを見たいんですか？」

「蓮見くんと実弦の戯れなら、きっと可愛いから一見の価値はあるよ」

「相変わらず、奏真さんの感性はユニークですね」

「二人とも年下だから、すごく可愛いよ？」

「外見は考慮しないわけですか」

「関係なくはないよ。こう、大型犬同士がじゃれ合ってる感じかな」

「犬ね」

「たとえばの話だよ」

「じゃあ、こういうこともありかな」

「ん？」

蓮見の冷艶な相貌が、不意に間近へ迫ってきた。その直後、高い鼻梁を鼻先に押しつけられた。

突然で驚いたが、たしかに犬は手ではなく鼻先を使って物を動かしたり、飼い主をつついてなにかをねだったり、甘えたりもする。

ウイットに富んだ行為に、さすがと思いながら破顔した。

お返しとばかりに、手を伸ばして彼の頭を撫でる。

「『Good Boy』、いい子だね」

「なるほど。そう来ますか」

「僕は蓮見くんの飼い主じゃないけどね」

「今の、平気なんですか？」

「うん。ちょっと、びっくりしたくらい」

「なんというか、許容範囲が広すぎませんか？」

「きみには負けるよ。で、実弦とはするの？」

ゆるやかに顔を離されて、奏真も蓮見の髪に触れていた手を下ろす。

返答を促す眼差し（まなざ）しに、苦笑とともに答えられる。

「彼も、俺には触りませんよ」

「言われてみれば、そうかも。なんでだろう。仲がいいのに」

「ああ。そろそろ時間がギリギリですね」

「えっ」

ふと、腕時計に目線を落とした蓮見が淡々と述べた。九時半を過ぎたと言われて、意識を切り替える。

カフェは十一時オープンなのでまだ余裕があるが、フラワーショップは十時に開店するため、急ぐ必要があった。

「遅刻はまずいね。実弦に拗(す)ねられそう」

「行きましょうか」

「うん」

ビニールハウスを出て、蓮見の車が停(と)めてあるガレージにそろって向かう。

後部座席にハーブが入った保存容器を置いた彼が運転席に乗り、自分は助手席に乗り込んでシートベルトを締めた。

奏真の自宅を出発して二十分弱で店に着き、現在に至る。

耽(ふけ)っていたもの思いから、おもむろに我に返った。

慣れた仕事ゆえに、思考中もミスなく動き回れる。気づけば、ランチタイムが終わる十三時半まで五分を切っていた。

やがて十四時を回り、満席状態ではなくなる。

今日も賑(にぎ)わってくれたと客とスタッフに感謝しつつ、安堵の息をついた。

店内が見渡せる位置に立つと、隣に並んだ蓮見が流れるＢＧＭにまぎれて小声で話しかけてくる。

「とりあえず、落ち着きましたね」

「そうだね」

「お疲れさまです」

「蓮見くんも、お疲れさま」

客には届かない音量で返し、互いをねぎらい合った。

奏真のほうにわずかに上体を傾けてきた彼が、耳元近くで囁く。

「今夜、なにか予定が入ってます？」

「どうして？」

「もし空いてたら、仕事上がりに食事へ行きませんか？」

蓮見から夕食に誘われるのは珍しくなかった。

一人暮らしの彼の食生活を心配した奏真の母親と祖母に言われて、彼を自宅に招くこともある。

ハーブティーを煎れるのも上手いが、料理の腕前もかなりのものだ。

たまに蓮見の部屋に行ったときなど、つくってもらった料理に舌鼓を打っていた。奏真も料理ができなくはないけれど、彼がつくったほうが格段に美味しい。

取り立てて用事もなかったので、誘いを受けようとした矢先だった。

「おれも行く」

「!」

「ん〜。奏兄のいい香りがする」

「実弦」

突如、気配もなく割って入ってこられて驚いた。そんな奏真の腰に、実弦が背後から両腕を回し、うなじに鼻先を埋めてきた。

縋るように抱きついてくるのが、なんともいじらしい。

子供のときから変わらない仕種ながら、今となっては体格が逆転しているため、実弦の胸元にすっぽりとおさまる格好だ。

それでも可愛い弟という感覚は変わらず、髪を優しく撫でる。

「こら。仕事中に甘えないの」

「じゃあ、休憩中ってことで」

「あ。実弦は昼の休みを取る時間だったね」

「奏兄が降りてこないんで、おれのほうから来た」

「ごめん」

十四時にはフラワーショップの店番に行くつもりが、うっかりしていた。

奏真が抜ける時間帯のみ、厨房を手伝う片野がホールに入る。実弦のワークショップがある月曜日と水曜日と金曜日は十三時から十五時まで、ほかの曜日は十四時から十五時までの一、二時間だけだ。

外山と片野はこれから順番に休憩を取る。奏真と蓮見は出勤の際の車中で、軽食で腹を満たしてくるため休憩はなしだ。

カフェがオープンした直後からの習慣で、一日交替で各々がなにかしら差し入れる。

今日は彼がつくってきてくれた野菜とチーズ、卵焼き、ツナマヨネーズのサンドイッチを食べた。

昨日は奏真がシャケと梅干しと昆布の佃煮のおむすびを握り、小さく切った豆腐とネギの味噌汁を魔法瓶に入れて持っていった。

運転する蓮見のことを考えて、片手で食べられるものがメインだ。

飲み物は毎日、彼がやはり魔法瓶にハーブティーを用意してくれていた。

それはさておき、早くしないと、フラワーショップに客がやってくるかもしれない。実弦の腕を抜け出し、手の甲でその頬に触れつつ再度謝って一階に向かいかけ、そうだと踏みとどまった。

食事は人数が多いほうが楽しいはずと思い、蓮見と実弦を交互に見つめる。

「実弦も一緒に行きたいんだよね？」

「ああ」

「だったら、三人で行こうか」

「やった！」

満足げな笑みを湛えた実弦とは裏腹に、わずかにだが心外といった面持ちを浮かべたような蓮見を訝った。

一瞬でその表情が消えた分、心に引っかかる。実弦が意味ありげな視線を蓮見に向けたのもだ。

勝手に決めてしまって、気分を害したのだろうか。

「蓮見くん、三人でいいかな？」

「かまいませんよ」

「なんか、気を悪くさせた？」

「いいえ。まったく」

「本当に？」

「気にしないでください」

「でも…」

「奏兄、ハスミンも了解したし、もういいって」

なんとなく気がかりで食い下がろうとするも、実弦にさえぎられた。

しかも、実弦からすれば年上の蓮見に対しての呼び方があまりにぞんざいすぎて、さすがに戒(いまし)める。

「実弦は蓮見くんより年下なんだから、『蓮見さん』って呼ばないと失礼だよ」

「親しさの表れだろ」

「それなら、せめて下の名前にさんづけで」

「奏真さん。俺は平気です」

「こういうことはきちんと調教……じゃなくて、躾(しつ)けないと」

「そっちの趣味はないけど、奏兄に調教されるのはオッケー。ただし、鞭(むち)は痛くないやつでよろしく」

「趣味？　鞭ってなに？」

突拍子(とっぴょうし)もない実弦の発言に首をかしげる。意識がそちらへ向いてしまい、不思議に思って訊ねた。

嬉々(きき)として答えかけた実弦より一瞬早く、蓮見が口を開く。

「奏真さん、フラワーショップのほうはいいんですか？」

「よくない。行かないと」

「ですよね」

彼の指摘で現状に思い至った。ハスミン問題も追及は後回しにしたところで、席を立った客の姿が視界に映る。

咄嗟に奏真が足を向ける寸前、同じく気づいていたらしい蓮見に止められた。

視線が交わると同時に、やわらかな声が告げる。

「俺が行きます。あなたは一階へどうぞ」

「ありがとう」

どういたしましてと応じて、足早にレジに向かった長身の背中を見送った。

奏真ものんびりとしている暇はない。厨房の片野に声をかけてから、実弦とそろって階下に降りていった。

シャツとエプロンを手早く着替えて、ロッカールームを出る。

食べ物を扱うカフェと、植物や土に触れるフラワーショップでは、服を替えるようにしていた。

手間はかかるものの、衛生面を考えれば当然のことだという認識だ。

外に昼食を摂りにいく実弦が膝丈のリネンエプロンを外しながら笑う。

「おれとおそろいになった」

「またすぐに着替えるけどね」

「朝夕の二時間しか奏兄といられないのは不服だな」

「同じ建物の中にいるのに」

「そういう理屈じゃなくて、そばにいないと無意味なんだって」

「寂しがり屋だね」

いくつになっても甘えたことを言う弟だが、仕事面では頼れる男だった。

奏真もだけれど、実弦も英語とフランス語が話せるので、外国人の対応もできる。外国人の客にカフェも紹介してくれるため、彼らはカフェにもやってくる。

蓮見も英語は流暢(りゅうちょう)に話すから、接客に支障はなかった。

人種に関係なく、フラワーショップにある植物は皆、ほかの店と比べて生き生きしていると評判らしい。

「それはまあ置いといて、奏兄がここにいたら、花たちが元気になるな」

「僕は関係ないよ」

蓮見と同じような内容に苦笑すると、肩を抱かれて腕の中に引き寄せられた。

胸を合わせた体勢のまま、上目遣いに見遣る。

実弦も触れ合いを好むタイプだ。そこも二人は似通っていると内心で考える奏真に、彼が訊ねてくる。

「なんか買ってこようか?」

「実弦が無事に帰ってくるのが一番だよ」

「なんだ、その可愛すぎる返事」

「普通だし。というか、蓮見くんをあんなふうに呼んだらだめだからね」

「ハスミサンを短縮したのがハスミンなわけ」

「一文字だけ縮めるとかないから」

「はいはい。行ってきます」

「ちょっと、実弦！」

ぎゅっと奏真を抱擁してから、すぐに離し、ひらひらと片手が振られる。

蓮見もいいと言っていたとつけ加えて、店を出ていった実弦に溜(た)め息(いき)をついた。

どうやら、今後も変えるつもりがないようだ。やれやれと肩をすくめて、近くにある鉢(はち)植えのクレマチスに話しかける。

「困った弟だね」

薄紫色の花びらを指先でそっとつついたあと、仕事に取りかかる。

カフェとたいした差はなく、こちらも電話対応と引っ切りなしの接客で忙しかった。

来月に母の日があるので、電話や店のサイトのメール経由での問い合わせや注文に加え、店頭で一足先に鉢植えや切り花、ボックス入りのフラワーアレンジメントを買っていく客、発送の手配をする客もいた。

最近はカーネーションのみならず、様々な花を贈るようになっている。

季節的にいろんな種類かつ色とりどりのアジサイもあり、人気を集めていた。

さきほど声をかけたクレマチスも売れた。作業台でオーダーどおりにきれいにラッピングしながら、訊ねられるままに手入れの方法を教えた。

「わかりました。母にもそう伝えます」

「息子さんからお花を贈っていただけるなんて、お母様もお喜びになるでしょうね」

「だといいんですけど」

照れくさそうに応じた二十代半ばくらいの男性客に、大きめの丈夫な紙袋に入れてクレマチスを手渡した。

店先まで彼を送り出して店内に取って返す途中で、ふと思い出す。

蓮見の呼び方に加え、誘われた食事のこともあった。

作業台の上に散らかったラッピング用の道具を片づけつつ、小さく呟く。

「実弦に気を遣ったのかも」

彼は気遣いの達人だから、自分よりも他人の意思を尊重しがちだ。こちらが気をつけなければ、我慢ばかりさせてしまいかねない。

カフェに戻ったら、あらためて蓮見の意見を確かめよう。

一時間後、実弦と交代してカフェ用の制服に着替えて二階に上がっていったが、思惑どおりには事は進まなかった。

十五時前後からティータイムに突入し、客足が再び増えて忙しくなったためだ。

ランチタイムと比べるといくぶんましなものの、SNS映え抜群だという外山がつくる花とハーブと鎌倉野菜を使った芸術的で美味なスイーツを目当てに客が訪れる。

蓮見が煎れるハーブティーが目的で来る常連も多い。

配合をリクエストする客もランチタイムより増えるので、そちらに時間を取られる彼にかわって動く。

ティータイムゆえに、各テーブルの滞在時間が長い。給仕さえしてしまえば、奏真ひとりでも回らないことはなかった。

どうしてもという場合には片野の手を借りるが、滅多にない。

つい今し方、来店した三人組のマダムがいる席で足を止めた。

「ご注文はお決まりですか?」

「ええ。ローズとラズベリーのレアチーズケーキと、箱根(はこね)紅茶を使ったジンジャーティーにします」

「私は黄ニンジンとサツマイモのモンブランと、ラベンダーアールグレイティーで」

「わたしはゴボウと小豆(あずき)のパウンドケーキと、フレッシュローズティーをお願いね」

「かしこまりました」

オーダーを繰り返しながら、やはり一番人気は薔薇の花びらのエキスのジュレを流し込んだローズとラズベリーのレアチーズケーキかと思う。

甘さ控えめのレアチーズケーキとあり、どの年齢層の女性にも受けがよかった。カップルで訪れた男性が食べてみて気に入り、次の機会にやってきたときには率先して注文するというケースも多々あった。

ハーブティーは今、注文された三つのほかに、レモングラスとミントとタイムのフレッシュハーブティーもよく頼まれる。

「では、しばらくお待ちくださいませ」

テーブルを離れてバックヤードに向かい、厨房にオーダーを通した。

ホールに戻ると、すかさず声をかけられた席へ足を運ぶ。蓮見もリクエストされたハーブティーを間断なく煎れては運んでいた。

この状況がつづき、結局、彼とゆっくり話せないまま閉店の十七時を迎えた。

最後の客が帰っても、カフェを閉めたあとの十八時まではフラワーショップでフローリストの仕事がある。

蓮見は売上の計算や掃除、戸締まり、明日の準備をするのが常だ。

外山と片野も厨房の片づけ等が終わり次第、帰っていく。その際、外山は蓮見に翌日に必要なエディブルフラワーとハーブの分量を伝える。

客足は天候に左右されるので、天気予報も参考にしていた。

ドアの外側に『CLOSED』のプレートを提げてきた蓮見が言う。

「奏真さんはフラワーショップのほうに行ってください」

「そうさせてもらうよ。外山さん、片野くん、今日もお疲れさまでした」

「本日もお疲れさまでございました。オーナー」

「桜森さん、お疲れっした」

「明日もよろしくね」

「はい」

「了解で〜っす！」

外山と片野が厨房を掃除する手を止めて返事をくれた。きまじめな外山、朗らかな片野の対比を毎回楽しんでいる。

外山は奏真のことを『オーナー』、実弦を『店長』と呼んでいた。片野は奏真を『桜森さん』、実弦は『実弦さん』だ。

蓮見については、二人とも『マネージャー』だった。

「悪いけど、あとは頼むね、蓮見くん。またあとで」

「わかりました」

それぞれに挨拶して、慌ただしく階下に降りていく。

フラワーショップ仕様の制服に手早く着替えると、依頼されている結婚式用のブーケの構想を練った。

作業台の端にスケッチブックを広げ、色鉛筆を動かす。

六月のジューンブライドに向けて、ブライダルブーケの注文もかなり入っていた。自分のみならず、フローリストとして活躍中の実弦もそうだ。

同じブーケでもセンスが異なるものをつくるため、客の好みは分かれた。

構想を深めながらも、実弦の手がふさがっているときには接客したり、電話にも出た。

そうこうするうちに、閉店時間になる。

「お疲れ、奏兄」

「実弦もお疲れさま」

「毎年のことだけど、母の日前は大変だな」

「ありがたいよね」

「まあな」

店頭に並べていた鉢植えを残らず店内にしまい、シャッターとドアを閉めて戸締まりを確認する。

売上計算は実弦に任せ、掃除がてら植物たちの様子を見て回った。

朝にはあった多くの花が売れていて、うれしさと、少しだけ寂しさを覚える。買っていかれた先で、大事にされることを願うばかりだ。

しばらくののち、片づけをすませて制服から私服に着替えた。

ライトグレーのパーカにデニム、紺色のダウンベストというスタイルの実弦がセキュリティシステムを作動させて、スタッフ専用のドアから連れ立って店を出る。

そこに、見覚えのある自家用車がちょうどやってくるのが見えた。

近くの月極駐車場から蓮見が愛車に乗ってきたのだ。店の前の歩道の手前に車を停め、ウインドウを開けて顔を覗かせる。

「乗ってください」

「絶妙のタイミングだ。ハスミン、グッジョブ」

「実弦、その呼び方はだめだってば」

「はいはい。奏兄はこっちに乗る」

「今度はごまかされな……って、僕が後ろ？」

「そう」

「なんで？」

「おれが助手席に座りたいから」

「ふうん。いいけどね」

ドアを開けた実弦に促されて、助手席側の後部座席に座った。丁寧にシートベルトまで締めて、ドアも閉めてくれる。

毎朝の通勤時に自分が乗っている助手席へ、上機嫌な実弦が乗り込んだ。

車が走り出してほどなく、ルームミラー越しに奏真と視線を合わせた蓮見に問われる。

「中華でいいですか？　別のものがよければ言ってください」

「富華楼（ふうかろう）に行くの？」

「そのつもりです」

「そこでいいよ。そろそろ恋しくなってたし」

「わかりました」

楽しみだと返すと、それはよかったと微笑みを湛えられた。

彼の行きつけの中華料理店・富華楼に連れていってもらえるようだ。

これまでも何度か行っているが、広東（かんとん）料理がメインの高級店で昼のランチはリーズナブルなものの、夜のコースはそこそこの値段ながら味は抜群にいい。

中国茶の種類が多いところも気に入っていた。中でも、白茶（パイチャ）の銀針白毫（ギンシンハクゴウ）は香りもよくて、訪れるたびに頼んでしまう。

「おいおい。おれの意向はスルーかよ」

「実弦？」

なにか違うものが食べたいのかと首をひねった。

運転席へ視線を向けている実弦にそう訊ねる間際、蓮見が応じる。

「先に無視して割り込んできたのは誰だって話だろ」

「その時点で言えよな」

「あいにく、空気を読むタイプなんだ」

「はあ?」

「あのときは仕事中かつ人前だったんで、反論しなかったにすぎない。さっきも、心配させたくなかっただけだ」

「お行儀のいいことで」

「社会人としての常識じゃないか?」

「人を社会不適合者扱いするな」

「気のせいだろう」

「どこがだよ?」

「腹が立つのは心当たりがあるからだと思うが」

「いつも余裕たっぷりな態度がいけ好かないって知ってるか」

「別に、好かれなくてもけっこう」

「マジで相変わらずだな」

「その台詞(せりふ)をそっくり返す」

言葉の意味は当然わかるが、会話の内容はほとんど理解不能だった。

どちらも穏やかな声音と表情でのこういったやりとりは普段どおりで、蓮見と実弦特有のコミュニケーションと認識していた。

そこで、なるほどと遅まきながら思いつく。

実弦が助手席に座りたがったのは、蓮見と話したかったせいなのだ。

実弦のわがままを寛大に受け入れる蓮見はさすがだと感心する。まだ受け答えをつづけている二人を見て、目を細めた。

「きみたちは、本当に仲がいいね」

「……」

「……」

和やかな光景に対する感想を漏らした途端、彼らが黙った。

予想外に会話が途切れて、車内が沈黙に包まれる。楽しいひとときを妨げてしまったようで慌てて謝る。

「邪魔して、ごめん。そんなつもりはなかったんだけど」

「いえ」

「気にするなよ、奏兄」

「実弦くんの言うとおりです」

宥(なだ)めてくる一方、なぜか蓮見が小さく肩をすくめて苦笑を浮かべていた。

なんだろうと首をかしげるも、実弦に話しかけてこられて訊きそびれる。話の流れで中華でよかったのか確かめると、もちろんと返答された。

「あの店は料理も紹興酒も美味くて好きだ」

「家に帰るのに車の運転があるから、飲んだらだめだよ」

「だから、買って帰る」

にっこりと言われて、それならいいとうなずいた。

アルコールをほぼ飲まない奏真でも、富華楼の紹興酒は美味だとわかる。三年物、五年物、十年物があり、好みは分かれると思うが、年数が経ったものほどまろやかで芳醇な香りがする絶品だった。

温めた紹興酒に、ザラメ糖と小さく切ったレモンを入れて飲むと秀逸だ。口当たりがいいあまり、つい飲みすぎてしまいそうになる。

それほどの逸品ゆえに、実弦の気持ちもわかった。

「中華なら、頭数が多いほうが楽しいよね。三人で来てよかった」

「ええ…」

「だよな、奏兄」

「うん。蓮見くんと食事に行くのは前回からだと少しインターバルが空いてるから、なんだかうれしいし」

「そう言ってもらえてなによりです」

「…おれと行くのは？」

「え？」

振り向いた実弦が、どこか恨めしげな視線で訊ねてきた。

自らの発言で二人を振り回している自覚は欠片もなく、字義どおりに受け取る。

考えてみると、大学卒業後、兄弟で食事に出かけた記憶はほとんどなかった。実家で家族そろって食べるか、家族全員で外食するかだ。

それらを踏まえ、あらためて答える。

「僕が留学中に、パリに遊びにきた実弦と一緒にレストランに行って以来かな」

「かれこれ、七年ぶりだ」

「蓮見くんもいて、いちだんと楽しいね」

「……まあな」

半眼ぎみの返事は、兄のみならず、親しい蓮見もいてくれるという感慨深さを味わっているせいかもしれない。

心なしか、蓮見の肩が小刻みに揺れている気がした。けれど、黒のレザートートからなにげなく取り出したスマートフォンの着信に気づき、そちらに気を取られる。

見たところ、二十分くらい前に電話がかかってきていた。

相手を確かめると、奏真がときどき花のコラムを寄稿している雑誌を出版する出版社の企画で先月、対談させてもらった植物専門フォトグラファーの穂住雅行（ほずみまさゆき）だった。

国内にとどまらず、仕事で世界中を飛び回っていると聞く。

三十四歳の穂住はその業界では著名なカメラマンの上、彼の右に出る者はいないと言われるほどで、奏真も写真集を持っていた。

だから、あの穂住雅行と対談が決まったと知った際には本当にうれしかった。対談現場に写真集を持参し、サインももらった。

職業柄、植物についての知識が豊富で、初顔合わせで互いに話が合った。

奏真が知らないことも軽妙かつユーモアたっぷりに教えてくれて、対談はあっという間に終わった感覚だ。

それきりの縁にするのは惜しいと思い、連絡先の交換を申し出た。

快く受けてくれた穂住とは対談後、新宿（しんじゅく）で一度私的に会って以来、電話やメールのやりとりをしている。

植物にまつわる彼の話は実に有意義で、いくらでも聞いていられた。

最後に電話で話したときも聞き足りなくて、またぜひ会いたいと頼んだくらいだ。

「なんか用事があったのかな」

「奏兄？」

呟きが届いたらしい実弦が訝しげに視線を向けてきたが、折り返し電話をかけていたからか、口を噤んだ。

呼び出し中のメロディが数秒流れたあと、穂住が出た。

「桜森です。お電話をいただいていたのに、出られなくて申し訳ありませんでした」

「仕事中だったんだよね。今はもう大丈夫かい？」

「はい。どうかなさったんですか？」

「夕食でもどうかと思ってさ」

急に時間ができたので、食事に行こうという誘いだった。

願ってもない話とはいえ、今日は先約があって無理だ。多忙な穂住にNOと言うのは心苦しかったものの、丁重に断る。

「せっかくのお話なんですが、すみません」

「都合が悪い？」

「ええ。とても残念ですけど」

「少しの時間でもいいよ？」

「ごめんなさい。今夜はちょっと…」

「どうしても、だめ？」

「そうですね」

明日なら大丈夫だと伝えるも、それだと穂住の都合がつかないらしい。

仕方ないとなり、また次の機会にとなった。

「あ～あ。桜森くんと会いたかったな」

「僕もです。でも、こうしてお話ができてラッキーでした」

「ぼくの声が聞きたかったってことかい？」

「お顔を直接、拝見したい思いも強くあります」

「なのに会わずに焦らすんだから、かなりの小悪魔だな」

「はい？」

「じゃあ、また連絡するよ」

「わかりました。失礼します」

通話を切り、スマートフォンをバッグにしまった。

よくわからない発言が最後にあったが、意味を問う暇もなく会話を切り上げられたため謎のままだ。

これまでにも、似たようなことはなくもなかった。そのつど、こんな感じで終わっているので、穂住独特のものと思ってさほど気に留めていない。

いわゆるアーティスト気質で、マイペースなのだろう。

「誰？」

少し低い声で実弦が訊ねてきた。友人たちからはオープンすぎると驚かれるが、兄弟間で隠し事はしない方向だ。

奏真に至っては実弦に頼まれれば、メールも見せていた。

「穂住さん」

「やっぱり、あいつか」

遠慮なく盛大に舌打ちされて、苦笑いを湛える。

当初から、実弦は穂住との交流を心底嫌がっていた。インターネットで穂住本人の写真を見たり、情報も集めたりしたらしい。

面識もないのに毛嫌いしていて、なにかと文句をつける。

「おれ、あの男、すげー嫌い」

「いい人だよ。植物について博識だし」

「仕事柄、知識があって当然だ」

「そうなんだけどね」

「いい年のくせに、チャラついてて微妙」

「気さくで気取りのない人ってことだから」

「単に、周りにちやほやされて自意識過剰になってるフォト男だろ」

「実弦」

けんもほろろな答えに、溜め息をついた。

たしかに、穂住はどっしりとかまえた落ち着いたタイプではない。逆に、好奇心旺盛でバイタリティーにあふれていて、行動力があると言い換えられる。

しばしば海外へも行って精力的に働く植物専門フォトグラファーという仕事には、不可欠な要素だろう。

ただし、穂住に関して実弦が譲歩する余地はないと知っている分、どうにもできずに弱り切った。

元々、人の好き嫌いが激しい実弦だが、今までで一番の拒絶具合だ。

なんとか宥めようと試みる奏真へも、矛先(ほこさき)は向けられる。

「奏兄も、あいつに甘い顔するな」

「普通じゃないかな」

「虫けらを見るレベルでちょうどいいから」

「無茶を言わないの」

「適切なアドバイスだ。…こういうときは、社交的で人好きするのも問題だな」

「実弦」

「おまけに、天真爛漫(てんしんらんまん)すぎて人を疑わない」

かぶりを振りつつ、そうぼやかれても、こちらが困る。

物腰柔らかく誰とも接し、ルックスと中身もいい。さらに成功をおさめている青年実業家となれば、善良な人間だけでなく、性別を問わず周囲に有象無象が寄ってくる上、もてる。

親交を持つ相手は慎重に見極めるべきと、渋い口調で断言された。

「僕はそんなたいそうな人物じゃないよ」

「無自覚なのが怖いんだって。ていうか、奏兄」

「なに？」

上半身ごとひねって、実弦がこちらを向いた。薄暗い車内でも、険しい表情なのが見て取れる。

シートに左手をかけ、顔を突き出すような体勢で訊ねてくる。

「チャラ男にスキンシップさせてないよな」

「もしかしなくても、穂住さんのこと？」

「ほかに誰がいるんだ」

「なんでちゃんと呼べないのかな」

「どうなんだよ？」

奏真の指摘をさっくり聞き流したあげく、急かしてこられて小さく息をついた。

別の場面でもこんな失礼を働いていないか不安がよぎるが、ひとまず答える。

「初対面のときに握手はしたけど」

「それ以上は?」

「ないに決まってるよ」

「今後も、いっさいなしの方向で」

「する必要性を感じないよね」

「奏兄にはなくても、向こうはわからない」

「実弦の考えすぎ」

一般的に、好き好んで同性に触れたがる男性がいるとは思えなかった。

さすがに呆れて嘆息した際、ルームミラー越しになにげなく蓮見を見る。穂住との電話に始まり、実弦とのやりとりもすべて聞いていたはずのポーカーフェイスからは、なにも窺(うかが)えない。

彼が穂住についてどういう印象を持っているかは、聞いたことがなかった。

個人的な交友関係は双方がノータッチゆえに、あえて訊いていない。蓮見も同じ了見で黙っているのだろう。

奏真への信頼とも受け取れる態度の彼へ、実弦を持て余して話を持ちかける。

「蓮見くんも、そう思うよね?」

「俺に振りますか」

「実弦が妙な言いがかりをつけてくるから」

「おれは事実しか言ってない」

「ほとんどが憶測だよ。ね、蓮見くん？」

「実弦くんなりに、お兄さんを心配してるんですよ」

「なんの心配？」

「それは…」

「うん」

「……人間の本能及び指向性について、でしょうか」

「は？」

いささか間を置いての返事を理解するのに、少々時間がかかった。

一瞬、話題のテーマが変わったのかと勘違いしそうになる。双眸を瞬かせて蓮見をじっくりと見つめ、微かに眉をひそめた。

「やばい。今の、すげーウケた」

身を乗り出して詳しく問う寸前、いきなり実弦が笑い転げる。

「実弦？」

「ハスミン、最高！」

「誰かがあたりかまわず乱射したんで、流れ弾が当たっただろ」

「反応が読めない人が相手だから、しょうがない」

「俺に後始末をさせる理由にはならないな」

「蓮見くん？」

二人の間だけで通じ合っているようだが、わけがわからなかった。

なにを話していたのか訊ねるも、曖昧にされる。せめて、本題の答えだけでもと思ったけれど、中華料理店に着いてしまった。

食事中も折を見て蒸し返したものの躱され、結局、なにも聞けずに終わる。

蓮見と実弦が懇意なのは望ましいので、別にいいかと割り切った。


数日後の定休日、いつもより遅く起きて自宅のダイニングルームに行くと、ダイニングテーブルで祖母と母親が茶を飲んでいた。

「おはよう。お祖母さん、母さん」

「奏ちゃん、おはよう」

「奏真、おはよう」

声をかけると、それぞれが挨拶を返してくれた。

祖父と父は畑に出ているらしく、彼女たちは昼食をつくりに戻ってきた。支度をすませたところで、ひと休み中だとか。

キッチンに立ってコーヒーを煎れ、自分の席に座って口をつけたときに母が言う。

「今日は用事がある？」

「これといって別に。なんで？」

「ご近所から露地物のイチゴをたくさんいただいたの」

「そんな時期だね」

「お裾分けで、蓮見さんに持っていってくれるかしら？」

「いいよ。実弦はイチゴが嫌いだしね」

「そうなの。じゃあ、お願いするわ」

「うん」

朝食兼昼食をゆっくり摂ったあと、自室に戻った。

実家は二階建ての和洋折衷の戸建てだ。一階に祖父母の部屋とリビング、ダイニング、キッチン、客間などがあり、二階に両親と奏真、実弦の部屋がある。

実弦は家を出ているが、たまに帰ってきて泊まったりもするため、部屋はそのままにしていた。

奏真の居室は八帖のフローリングで、セミダブルのベッド、パソコンデスクと椅子、本棚くらいしかインテリア類はない。

デスクに置いていたスマートフォンを手に取り、ベッドに腰かけた。

肝心(かんじん)の蓮見の都合を訊いておく必要があった。

もし出かけているなら、帰宅後に行けばいい。今、電話をかけてもかまわないかとメールを送って数秒後、彼から電話がかかってきた。

返事がメールではなくて驚きながらも、通話に出る。

「わざわざ、ごめんね。蓮見くん」

「いえ。どうかしましたか？」

「たいしたことじゃないんだけど」

そう前置きし、母に頼まれた事柄を話した。

食料の買い出しに近くのスーパーへ行く以外、外出の予定はないらしい。

「俺が取りに行きましょうか？」

「お裾分けなんだから、僕が届けにいくよ。何時頃がいいかな」

「午後二時はどうですか？」

「了解。その時間に行くね」

「わかりました」

通話を終えたスマートフォンで時刻を確認すると、十二時半を過ぎたところだった。

蓮見が住むマンションまでは、歩いて行くつもりだ。車では五分の距離だが、徒歩だと十五分くらいかかる。

街中の植物を眺めつつ歩くのは、とても楽しかった。

春という季節的にも、いろんな花や緑があって心が浮き立つ。

「天気がいいみたいだし、散歩にはちょうどよさそう」

呟いて立ち上がり、クローゼットに歩み寄る。着る服を選んでハンガーごと壁にかけ、一階の洗面所に降りていった。

歯を磨く最中、鏡に映った自分の顔を見て、後ろ髪が跳ねているのに気づく。

けっこう派手な跳ね具合に、いささか双眸を瞠った。

昨夜、よく乾かないうちに寝てしまったせいだと溜め息をつく。母と祖母がなにも言わなかったから気づかずにいた。

「また洗おう」

整髪料で整えるより、そのほうが手っ取り早そうだ。歯磨きをすませて、いったん着替えを取りに部屋へ行ってからシャワーを浴びた。

洗髪のついでに身体も洗い、脱衣所で全身をバスタオルで拭う。

外していた眼鏡をかけて、部屋着を身につけた。肩にかけたタオルで髪を拭いたあと、ドライヤーで今度は丁寧に乾かす。

自室に戻ると、もう十三時半になろうとしていた。

イチゴの用意もしなくてはいけないので、少し急ぐ。

壁のハンガーにかけていた黒のシャツを着てカーキのパンツを穿き、ステンカラーのロングコートを羽織ってポケットにスマートフォンと家の鍵、財布をしまった。

部屋を出て階段を降りる。すでに昼食を食べて家族が出払った一階で足早にキッチンに足を運んで冷蔵庫を開けたら、小ぶりの紙袋が入っていた。

母親の字で『蓮見さんによろしくね』と書いた付箋が貼りつけてある。

「さすがは母さん」

微笑みとともに紙袋を取り出し、付箋を外した。

散歩がてら、のんびり歩いていこうと若干、早めに自宅を出る。

薫風を感じる傍ら、春の陽射しに揺れる緑たちを愛でながら歩を進めた。しばらくして、視線の先に蓮見のマンションが見えてくる。

八階建ての瀟洒な外装で、彼が入居したときは新築だった記憶があった。

周囲にコンビニエンスストアやスーパー、ドラッグストアなどがある好立地で、地下に駐車場が併設されたつくりだ。

敷地内に入っていき、入口のオートロックのパネルに蓮見の部屋番号を入力すると、すぐに応答が返る。

「はい。どうぞ」

「ありがとう」

モニターに映っているだろう奏真の姿を認めて、ロックが解除された。

ドアをくぐり、郵便受けや宅配ボックスが並ぶエントランスを通ってエレベーターホールに向かう。

呼び出しボタンを押し、ほどなくやってきたエレベーターに乗り込んだ。

目的の三階で降り、辿（たど）り着いた蓮見の部屋の前に立ってチャイムを鳴らす。インターホン越しの短いやりとりを再びしてから、玄関のドアが開いた。

ベージュのブイネックのカットソーに、ブラウンのチノパンというリラックススタイルの彼が顔を見せる。

「いらっしゃい、奏真さん」

「蓮見くん、こんにちは」

「こんにちは。上がってください」

「お邪魔します」

出されたスリッパを履き、蓮見の背中についてリビングに行く。

一人暮らしには充分な1LDKの室内は、内装とインテリアがモノトーンでまとめられていて、いつ来てもきれいに片づいていた。

「座っていてもらえますか。お茶を持ってきます」

「その前に、これ」

「ありがとうございます。いい香りですね」

「僕も少し食べたけど、甘かったよ」

「楽しみです。今夜にでも早速、いただきます」

ソファに腰を下ろす前に、紙袋を手渡した。明日、自分でも言うが、奏真の母親に礼を伝えてほしいと頼まれて快諾する。

紙袋片手に、つづきのキッチンに彼が向かった。

腰かけようとしてベランダに視線をやり、ハーブの緑が目に映る。誘われるように歩み寄っていき、ベランダに面したサッシと網戸を開いてサンダルを履いて外に出た。

四帖はありそうな空間に整然と、様々な形と大きさのプランターが並べられている。どのハーブも瑞々しくて、こちらまで元気になった。蓮見が水やりをすませたらしく、葉に水滴が残っているのも美しい。

ひとつひとつに優しく触れて話しかけていたところに、穏和な声が届く。

「奏真さんのおかげで、うちのハーブもまた美味くなります」

「漢方風味になるんじゃないの？」

「そのくらいの接触なら大丈夫かなと」

「定義がいまいちわからないけど、単純にきみの育て方がいいんだよ」

「それも否定はしませんが」

「とりあえず、そういうことにしておいて、お茶が入りましたよ」

「うん」

促されて室内に戻り、窓を閉めて今度こそソファに落ち着いた。

隣に座った彼が煎れてくれたのはレモンバーベナとカモミールにピンクペッパーを調合したハーブティーで、奏真が好きな組み合わせのひとつだ。

リラックスと消化促進の効能が期待できるとか。

ティーカップを持って一口飲み、深い息をついた。

「蓮見くんが煎れるハーブティーは本当に美味しいよね」

「お粗末（そまつ）さまです」

「僕がお客でも、きみがいる店に通うな」

「最高の褒め言葉ですね」

「本音だから。自分でも美味しいって思わない？」

「素材がいいせいでしょう。…よかったら、こちらもどうぞ」

「ありがとう。歩いたせいか、ちょっと小腹が空いてきてたから、うれしい」

「それはよかった」

謙遜（けんそん）する蓮見を慎ましいなと好ましく見つめていると、小皿に載っていたキッシュを勧められた。

マイタケとベーコンとタマネギが入ったキッシュで、今朝つくったそうだ。

これまた美味で自然と頬がゆるみ、あっという間に平らげた。

「すごく美味しかった」

「お口に合ってなによりですが、口元についてますよ」

「あれ。どこだろう?」

「もう少し横……逆です。右側に」

「ここかな」

彼の指示を頼りに口元へ指を当てるも、探り出せない。いっそ、ハンカチで顔ごと拭こうかと考えたとき、失礼と断って手が伸びてきた。

左の口角の脇に軽く指先が触れ、すぐに離れていく。

「取れました」

「手が汚れちゃったよね」

「洗ってきますから、気にしなくていいですよ」

「じゃあ、行こう」

「はい?」

「僕のせいだから、責任は取るよ」

「奏真さん？」

怪訝そうな蓮見の腕を摑んでソファから腰を上げ、キッチンへ連れていった。

シンクの前に二人で立ち、彼の袖を捲ったあと、自分の両袖も同じようにする。

流水に蓮見の右手を突っ込み、置かれていたハンドソープを手に取って、長い指を一本ずつ両手で洗い始めた。

微妙に眉をひそめたような表情に気づき、すぐそばにいる彼に訊く。

「水が冷たかったら、お湯にしようか？」

「いえ。平気です」

「一応、お湯に変えるね」

「どうも」

「もしかして、もっと優しく洗ったほうがいいとか？」

「…強弱は任せます」

「そう。ついでに、マッサージもするよ。僕、けっこう上手いんだ」

「……天国なんだか地獄なんだか」

「え？」

「よろしくお願いしますと」

「きみは律儀だよね。よし、任せて」

いったん湯を止め、ハンドソープのぬめりを借りて手のひらのツボを刺激したり、指全体を揉んだりと技巧を駆使する。

蓮見の右腕を抱き込むような体勢で、熱心に取り組んだ。

誰もが気がつきにくいが、毎日使う利き手とあり、わりと凝っている。彼も例外ではなくて、凝りを揉みほぐしていった。

「かなり凝ってるみたい。これ、痛くない？」

「痛気持ちいい程度です」

「それなら大丈夫。痛かったら言って」

「はい」

「それにしても、蓮見くんて、指先まで整ってるんだね」

「あなたもそうだと思いますが」

「僕より指が長いし、爪の形もきれいだよ」

「手が大きいだけでは？」

「男らしくて頼もしくて、いかにもきみらしいよね」

「過分な評価をどうも…」

どこか困ったような気配を悟り、照れているのかなと微笑ましくなる。

ひととおり揉み終えてから再度、ぬるめの湯を出した。蓮見の手を持ってじっくりとすすぎながら、問いかける。

「左手もマッサージする?」

「…また、次の機会に」

「わかった。じゃあ、どこか洗い残しはない? …って、洗髪してる美容師さんみたいな台詞だったね」

「ありません」

「了解。タオルを借りるよ」

「ええ」

奏真の冗談を受けてか、苦笑めいた笑みを浮かべた彼を見つめて湯を止めた。

タオルを手に取り、まずは自分の手を、次いで蓮見の手を指の股まで丹念に拭く。仕上げに袖を元どおりにした。

「たぶん、きれいになったはずだよ」

「かえって、お手数をかけてすみません」

「全然そんなことないから」

「右手が軽くなった気がします」

「やっぱり、左手もしようか? 左右がアンバランスだよね」

「お気遣いなく」

「いいの？」

「はい。ありがとうございます」

充分だと返されて、自らの両袖も直しつつ、リビングのソファに戻る。

ハーブティーを飲んでいると、もうキッシュはいらないかと訊かれた。さきほどの半分くらいの量を頼み、新しい小皿に盛って彼が持ってきてくれる。

それも美味しく食べたあと、録画しているというイングリッシュガーデンを特集した番組を一緒に観る。

適度に腹が満ちた上、心地よい室内で気心が知れた蓮見のそばは安心できるせいか、途中で眠たくなってきた。

当初は我慢したが、徐々に舟を漕ぎ始める。

蓮見に話しかけられても、明確な返答ができなくなる。ついには、隣にある彼の肩に寄りかかってしまった。

「ごめ…ん」

「眠いんですか？」

「少しだけ……寝かせて」

「俺は退きますから、ソファに横になってください」

「ん……このまま…」

「でも、体勢的につらいかと」

「…平気」

「大丈夫じゃないですって。風邪もひきかねませんよ」

「………」

「まさか、もう寝たんですか？」

「おやす……み」

「奏真さん？」

耳元で何度か名前を呼ばれたが、蓮見は声もいいので睡眠妨害にはならない。むしろ、眠りの世界になおも誘（いざな）われていく。

鼻先をくすぐる彼の清潔な香りを最後に、奏真の意識は途切れた。


「警戒心ゼロっていうのもな」

苦い口調で呟いて、リモコンでテレビの電源を切った。

左肩にかかる重みを難なく受け止めながらも、複雑な心境を覚える。

蓮見のそばで無防備に眠るのは気を許してくれているのかもしれないが、自分のことを恋愛対象とは見ていない証拠だろう。

ソファに座ったまま視線を横に向けると、奏真が静かな寝息を立てていた。

起きてもかまわないと思い、眼鏡を外してみるも、目覚めなくて息をつく。そっとたたんでローテーブルの上に置いたときだ。

「ん」

「奏真さん？　……っと」

起きたかと期待したものの、身じろいだ彼の上体が肩からずり落ちた。

必然的に膝枕をする状況になり、深い溜め息が漏れる。

今の体勢では眠りづらそうだと半ば開き直って手を伸ばし、スリッパを脱がせた両脚もソファの上に乗せた。

長身の蓮見でも横になれるサイズなので、奏真の体格なら余裕だ。

ここまでやっても起きないとは、よほど深い眠りとみえる。無心に眠る穏やかな寝顔を見下ろして髪を撫でようと伸べた右手を見て、苦笑いを湛えた。

さきほど唐突に洗われた上、マッサージされたのを思い出す。

表情にこそ出さないが、彼の行動には驚かされることが多かった。こちらの予想をおおいに上回ってくる。

選ぶ言葉も本人は無意識にしろ、大抵は蓮見を煽(あお)る内容だったりした。

元々が人懐(ひとなつ)こい性格の奏真は初対面の相手とも物怖(ものお)じせずにつきあうからか、老若男女を問わず好かれる。

誰に対しても分け隔(へだ)てなく接する姿勢は素晴らしいと認める反面、自分だけを見てほしいという独占欲もあった。

それをどうにか抑えてきた忍耐力も、最近は危うくなっている。

「本気で限界が近いな」

右手から彼に視線を移し、髪をやわらかく撫でて言った。

ずいぶん長い間、ものわかりのいい後輩でいたが、我慢にも限度がある。

奏真と初めて会って以来、すでに十年の年月が経っていた。そのうちの四年間は彼が海外留学中だったにせよ、六年間はほとんど一緒に過ごした。

けっこう露骨(ろこつ)な態度で好意を示すも、まったく気づかれなかった。

奏真のユニークな感性と、元来のおっとり気質の結果だ。

激しくブラコンな弟の存在も、影響大だろう。実弦の濃すぎるボディタッチに慣れていた彼は、蓮見がする大抵の接触を気にしない。

「あれも大概、曲者(くせもの)だが」

純真な奏真とは裏腹に、実弦は腹にいちもつあるタイプだ。

おまけに、自分同様ゲイで、蓮見が奏真に想いを寄せているのをゲイの直感で見抜き、なにかと妨害をしかけてくる。

食事に乱入されたのは、数え切れなかった。

今日のように彼が突発的に訪れるか、当日の誘いで即座に動かない限り、確実に邪魔される。

職場で顔を合わせない休日でも、奏真に電話連絡を入れる偏愛ぶりだ。実弦に訊ねられれば、彼も素直に答えてしまう。

出勤時の車内デートが唯一、二人きりを満喫できる時間だった。

早朝から花市場に行き、以降の準備を任されている実弦もさすがに、このひとときばかりは妨げる手段がない。

生殺し状態とはいえ、現状も二人だけの空間だ。

恋情を伝えるにしても、奏真のセクシュアリティが異性愛者と知っていては慎重にならざるをえなかった。

「それにしたって、時間をかけすぎか」

自嘲ぎみにぼやいた蓮見の意識が、彼との出会いにさかのぼっていく。

十年前、東京にある国内最高峰の国立大学農学部への進学を機に、長野から上京してきて都内で一人暮らしを始めた。

外資系大手企業幹部の父親は子供の教育に寛容で、なんでも好きなことを極めればいいというアバウトな方針だった。

　専業主婦の母親は父に輪をかけて鷹揚な性分を発揮し、褒め育てを実践した。

　蓮見には三歳下の弟と七歳下の妹がいるが、兄弟全員、両親から叱られた記憶はない。命にかかわる事柄だけは注意されたものの、悪戯についてはどこがどういけないのかを諄々と諭されて育った。

　そのせいか、多少の反抗期はあれど、兄弟の誰もが成長後も両親を心から尊敬し、信頼を置いている。

　料理上手な母は実家の庭に菜園をつくり、ハーブも何種類もあった。

　彼女を手伝っているうちに、自然と料理を覚えた。ハーブにも興味を持ち始め、農学部に進んでさらにハーブを学ぼうと決めた。

　大学に入学後、三か月ほどが経ったある日、午後の講義が休講になったため、友人たちと少し足を伸ばして鎌倉まで遊びにいった。

　鎌倉の大仏や鶴岡八幡宮などの観光名所を案内され、地元出身の友人らは小中学校の遠足以来で懐かしいと見て回っていた。

　やがて夕方近くになり、現地で解散した。

　都内に戻るのが蓮見ひとりで、あとは自宅通学だったせいだ。

　帰路の途中、こぎれいなフラワーショップを通りかかった。店先に飾られた植物の鮮やかな緑色に目を引かれる。

店頭に並んでいるいくつもの鉢植えに水やりをするエプロン姿の眼鏡をかけた同年代と思しき青年が視界に入った。

彼を横目に通り過ぎようとした際、小さな声が聞こえてくる。

「暑いけど、みんなしっかりするんだよ」

「?」

「水をたっぷりあげるからね」

「……………」

どうやら、水やり中の青年の独り言らしかった。

内心、よほどの花好きなんだなと、こっそり目線を向ける。そういえば、動物や植物は話しかけたり、音楽を聴かせたりするとよく育つとも耳にした。

その一環だろうと思いつつ、彼が水やりを終えた水滴がしたたる鉢植えをなにげなく見遣って双眸を瞠る。

目の錯覚か、脳の錯乱かと咄嗟に足が止まった。

「!?」

七月の陽射しに少し萎れかけていた鉢植えの花が、スローモーションのようにゆっくりと動き出したのだ。

シャキっと枝葉が伸び、花びらもピンと張りを取り戻していく。

まるで白昼夢でも見た心地で、しばし呆然となった。

我が目を疑うも、青年から水をもらったほかの鉢植えの植物たちも、次々と元気になっていっているのが見て取れた。

色も、さらにくっきりと濃さを増した気がして言葉が出ない。

「……っ」

ただ、当の本人はその事実にまったく無頓着なようで、水やりがすむと店内に入ってしまった。

こんなにも衝撃的な事態に気づかないことがあるなんてと愕然となる。

間を置かず、蓮見も憤然と青年のあとを追ってフラワーショップの中に向かった。ラッピング用のリボンを補充しかけていた彼に声をかける。

「ちょっと、すみません」

「いらっしゃいませ」

「そうじゃなくて！」

「はい？」

手を止めて振り返り、笑顔で呑気に出迎えられて毒気を抜かれたが、なんとか自らを鼓舞する。

CHERISH
GARDEN

間近でよく見ると、青年は極めて端麗な容貌だった。

全体的に色素が薄く、髪も眼も茶色がかっていて色白で、上品な印象だ。自分よりも頭半分ほど低いから、身長は一七〇センチくらいだろう。

腰の位置が高くて手足は長く、頭身バランスの取れたスレンダーな体型だ。

小さい顔にかけた黒ブチの眼鏡が理知的に映る。まとっている雰囲気がやわらかいためか、美貌のわりに近寄りがたさはなかった。

不思議そうに首をかしげられたものの、あらためて言う。

「外！　外のを見てください‼」

「店頭に置いてある花を、ご所望なんですね」

「っ……」

またも的外れな返事をされて眩暈(めまい)がした。実際、片手でこめかみを押さえて、かぶりを振りながら溜め息を呑み込む。

ふわふわと捉(とら)えどころのない美青年に困惑するも、どうにか立ち直って告げる。

「…違います」

「では、店内の鉢植え、もしくは切り花でしょうか?」

「いいえ」

「ならば、アレンジメントのほうを…」

「とにかく、来てもらえますか」

「え⁉」

「こっちです」

「あの？」

彼の腕を取り、強引に引っ張って店先に連れていった。幸いにも客はいなかったので、業務の邪魔にもならずにすむ。

店の奥のほうに人の気配がしたから、青年以外にも従業員がいるはずだ。いざとなれば、接客はそちらの店員に任せられる。

そこまで考えて手を離し、まだ濡れている鉢植えの花々を指して口を開く。

「ここにある花を見て」

「はあ」

「さっき、あなたが水をやってた鉢植えが全部、復活してます」

「ええ、まあ」

「どういうことなんですか？」

「どうって…」

「きっちり説明していただけますか」

毅然（きぜん）と訊ねると、彼は戸惑った様子で眼鏡の奥の双眼を揺らした。

曖昧な返答は許さない姿勢を貫く蓮見に、どこか当惑ぎみの口調で答える。

「水をあげたんですから、元気になるのは当然ですよね？」

「……………」

なにをそんな当たり前のことを言っているのだろうというような顔つきだ。

回復のレベルが違うと、低く唸りかけてやめた。自分を落ち着かせるために深く息を吸い込んで吐いたあと、なおもたたみかける。

「理屈ではそうですけど、秒単位でとか、ありえないでしょう」

「毎回、こんな感じですよ？」

「…いつも？」

「はい」

「……即行で？」

「そうですね」

普段どおりとあっさり返されて、唖然となった。

眼前の青年を、穴があく勢いで眺めてしまう。もしかして、これが噂に聞く緑の手かと思い至り、確信的に問いかける。

「あなたは『緑の手』をお持ちらしい」

「とんでもない」

「違うんですか？」

「ええ。僕は普通の手です」

「いやいや。さっきのを見たって、どう考えても違いませんよね」

「あれは、植物たちの生命力ですから」

「……………」

やんわりと否定した彼は、自らを緑の手だとは絶対に認めなかった。謙遜しているわけではなく、本心からそう思っているのが言葉の端々に窺えた。

青年にとっては、この出来事もごく日常的な物事にすぎないのだろう。

自分がどんなに稀なことをやってのけたのか、少しもわかっていないようだ。

意外な反応に拍子抜けするも、なんだか新鮮だった。得意がりもせず、もったいをつけるわけでもなく、淡々とした風情が興味深い。

なにより、まったく無自覚な彼がかえっておもしろかった。

「！」

そこでふと、フラワーショップの入口の貼り紙に目が留まった。その内容を記憶して、青年に切り出す。

「わかりました。どうも、お手数をかけてすみません」

「いえ。お気になさらず」

「仕事の手を止めさせたお詫びに、花の配送を頼んでもいいですか？」

「謝罪はけっこうですから」

「もうすぐ母の誕生日なので、プレゼントにしたいんです」

「それなら、喜んでお引き受けします」

「よろしくお願いします」

「ご要望をお伺いいたしますね」

「じゃあ…」

　実家の母親に送るボックス入りのフラワーアレンジメントを依頼し、支払いもすませて自宅へ帰った。

　翌日、講義を終えて再び例のフラワーショップに行くと、この日も店に出ていた青年が目を丸くした。

「あれ？　たしか……蓮見さん、でしたっけ？」

「ええ。こんにちは」

「こんにちは。って、昨日のことで、なにか変更事項でも？」

「別件です。店長さんはいらっしゃいますか？」

「あ、はい」

「取り次いでいただけますか」

「？　…かしこまりました。少々お待ちください」

わけがわからないといった面持ちをしながらも、店長を呼びにいってくれた彼に、口元をわずかにほころばせた。

感情表現が豊かな人だと思いつつ、奥から出てきた壮年男性に会釈する。

青年と同じエプロンをつけた店の責任者らしき彼が、にこやかに言う。

「約束の時間の五分前ですね」

「ぴったりにお伺いしたほうがよろしかったでしょうか？」

「いや。遅れるよりもはるかにいい心がけだと、個人的には受け取ります」

「ありがとうございます。本日は、よろしくお願い申し上げます」

「こちらこそ。中へどうぞ」

「失礼します」

まだ訝しげな表情でいる青年をよそに、店長のあとにつづいた。

実は貼り紙はアルバイト募集で、昨日帰ってから店に電話すると店長が出て、履歴書を持って面接を受けにいく運びになったのだ。

面接指定日の候補はいくつかあったが、早く決めたくて今日にした。

店長との面接は三十分ほどで終わり、その場で無事に採用された。募集を出して十日あまり過ぎていたものの、条件が合う人材がなかなかいなかったらしい。

　早速、翌日からシフトに入り、先輩になる青年にあらためて挨拶する。

「花屋で働いた経験はないので、なにかと面倒をかけると思いますが、よろしくご指導ください」

「わからないことがあったら、気兼ねなく訊いてくれていいから」

「はい」

「仲良くやっていこうね。僕は桜森奏真だよ」

「桜森って…」

　たしか、店長も桜森と名乗っていた。さほどありふれた名字でもないので、親戚かなと見当をつけたところに奏真が応じる。

「うん。うちは家族経営なんだ」

「つまり…」

「店長が父で、母は事務と接客を担当してて、僕と弟も店を手伝ってる」

「そうなんですか」

「全員桜森だから、僕のことは下の名前で呼んで」

「わかりました」

「そのうち、母と弟も紹介するね。たまに祖父母も店番に来るけど、それは追々(おいおい)ね」

「お願いします」

フラワーショップでの初めてのアルバイトは案外、楽しかった。重労働ではあったが、どの仕事もある程度の大変さは変わらないはずだ。

体力には自信があったし、植物も好きなので絶好の職場環境といえた。

店長が学業を優先させたシフトを組んでくれるのも、ありがたい。

なぜ、そんなに融通を利かせてもらえるのかと思っていたら、奏真が蓮見と同じ大学・学部と知って納得した。

「アルバイトだけじゃなく、大学でも先輩だったんですね」

「すごい偶然だね。今度、ランチを一緒にしようよ」

「明日はどうですか?」

「蓮見くんの予定はどうなってるの?」

「俺は…」

互いに親近感を持ち、これを契機にいっそう打ち解けた。

一緒にアルバイトをするようになってからも、彼はナチュラルに店の植物へ話しかけていた。

大学にいるときも、構内にある樹木や草花に声をかけて触れる。

そのつど、話しかけられた花がうれしがっているふうに花びらを震わせたり、触られた木が楽しそうに葉を揺らすのを目撃した。

オカルトかホラーめいた現象に、最初のほうは驚いていた。

ただ、奏真があまりにも無邪気で無頓着で、それが自分のせいだと気づかないすさまじい天然ぶりに、すぐに気にならなくなった。

逆に、頭をもたげてきた関心のままに実験を申し出る。

「少し試してみてもいいですか？」

「なにを？」

「とりあえず、一定期間、俺の言ったことをつづけてください」

「？　…いいけど」

観察の結果、彼が育てた植物はなんでも、とにかくよく育った。切り花でも恐ろしいほど長持ちし、野菜と果物は抜群の味になると確信した。

桜森家の人々は奏真の不思議な力を知りつつも、ひとつの個性と捉えて温かく見守るスタンスを取っていた。

彼の母親と祖母いわく、子供の頃から変わらないらしい。

まだ幼いときは、花のつぼみを持たせて五分と経たず、開花させていたとか。それを、植物の神秘で片づけていたと聞き、奏真の無自覚さの原点と悟った。

今はもう、そこまで劇的な事柄はないらしかった。

せいぜい、蓮見の実験レベルだそうだが、その程度でも充分、非凡だ。

変な言動を取るなと頭ごなしに否定されなかった分、のびのびと育ったようだ。

教室に活けられた花に話しかけて、クラスメートから気持ち悪いと言われたりすることもあったものの、教師や友人がさりげなく庇ってくれたとか。

「奏真さんは、植物に愛されてるんですね」

「僕が一方的に好きなだけだよ」

「相思相愛という実験結果が出ました」

「全然、実感がないし。この子たちが話せるとか、僕に植物の声が聞けたら、きみの実験を補完できるのにな」

「斬新な発想のアドバイスをどうも」

「どっちかが、いつか叶うといいよね」

「…気長に待ちます」

「そうだ。蓮見くんは、どの植物になってみたい？」

「は？」

「やっぱり、きみが詳しいハーブ？」

「ああ…」

「それとも、樹木系？」

「……ええと」

学食でランチ中、目を輝かせて訊いてこられて内心でまごついた。

十九年近く生きているが、正直、そんなことを考えたためしは一度もない。

幼児に対して、大きくなったらなにになりたいか訊ねて、ライオンとか唐揚(からあ)げといった自分の好きなものを答えられて微笑ましいという感じと似ていた。

本当に心底、植物が好きなのだなと痛感しつつ、思いついた返答を口にする。

「バオバブでしょうか」

「いいね！　長身の蓮見くんにぴったり‼」

「奏真さんは？」

「一番はシクラメンかな」

「…その口ぶりだと、ひとつじゃなさそうですね」

「うん。ほら、ものすごく種類が多いから。二番目はね」

結局、なりたい植物を十個以上も挙げた奏真に、最後は噴き出した。

聡明で年上にもかかわらず、彼はひどく無垢(むく)だった。これまで蓮見のそばにはいなかったタイプゆえに、興味を引かれた。

ハーブに関しても造詣(ぞうけい)が深く、話が合った。

時間が経つにつれて徐々に惹(ひ)かれていき、出会って半年後には恋心を抱いた。

自分のセクシュアリティがゲイとわかったのはわりと早くて、中学生の頃だ。同級生に友人以上の好意を持っていることに気づいたのがきっかけとなった。

振り返ってみれば、幼稚園での初恋も、相手は男性教諭なのを思い出す。小学校での親友も同性ばかりだ。

もしかしなくてもと悩み、ひとりで抱え切れなくなって両親に助けを求めた。なんでも父母に話せる環境とあり、迷いながらも相談した。

さすがに問題視され、気の迷いと一蹴されるかとの予想に反し、恋愛対象が同性であろうと人を愛する気持ちは尊いと言われて、すんなりと受け入れられた。呆気に取られる自分を後目に、両親はよく打ち明けてくれたと褒めたあげく、蓮見の恋を応援してくれた。

彼らが言うには、息子が幸福でいることが大事なのだそうだ。

理解がありすぎる両親には感謝しかない。二人のもとに生まれてきた幸せをしみじみと嚙みしめた。

以降、それなりに経験を積んできたが、異性愛者を好きになったのは初めてだった。

しかも、奏真は草食系らしく、彼から告白したことはないらしい。

なんでも、植物に本気で話しかける様子を見られると、変な人と認定されてふられるとか。それに懲りて、恋愛にあまり積極的ではないと言っていた。

現在も彼女がいるのは承知だ。別の大学に通う一歳年下の女性で、通学に使う電車が同じらしく、車内で見かける奏真を見初めて春先に告白され、つきあい始めたという。

恋人がいては、なおさら告白などできなかった。

自分がゲイと知られて、どんな態度を取られるのか懸念すると、沈黙を貫くのが賢明に思えた。

「植物の突っ込んだ話題は蓮見くんとしかできないから、きみといると楽しい」

「そうですか」

「きみと出会えてよかったよ」

「…ありがとうございます」

「バイトのシフト、今日も入ってたよね」

「ええ。あなたは？」

訊き返すと、彼がいささか残念そうな表情になった。

テーブルに頬杖をつき、蓮見を見つめながら言う。

「約束があって、実弦がかわってくれることになってる」

「さては、デートですか」

「SNS映えするカキ氷の店に行きたいんだって」

認められるのも複雑だが、変にごまかされるよりはいいのかもしれなかった。必要以上に惚気る素振りもないのは助かる。

どちらかといえば、相手のほうが常に押しぎみだった。

及び腰になっているわけではないものの、交際を始めて五か月あまりが経過した今も、消極的な奏真は恋人を誘うこともほとんどない。

真意は押し隠し、からかうように告げる。

「奏真さんも楽しんできたらどうです？」

「そもそも、一昨日会ったばかりなのに」

「つきあいたてのカップルなんて、毎日でも会いたいものでしょう」

「そんなに一緒にいたら、さすがに息がつまるよ」

「俺とはほぼ毎日、顔を合わせてますが」

「蓮見くんとなら話も合うし、ずっといられるかな」

「…どうも」

いいように誤解してしまいそうな発言に、片眉を上げて肩をすくめた。

勘違いするなと自らへ言い聞かせる蓮見へ、以後も無意識下の罪つくりな言葉を高確率で放たれるも、徐々に慣れていく。

親しさを増すごとに、物理的な距離も縮まった。

こちらは自分が意図的に始めたものだが、早々と受け入れられた。

想い人に触れられてうれしい反面、恋しさも募った。違う人に目を向けても一時的なもので、やはり彼に気持ちは引き戻されてしまう。

恋情を伝えたい衝動を抑えられなくなった頃、大学卒業を迎えた奏真がフローリストになるためにイギリスとフランス、ベルギーに花留学した。

離れた寂しさはあったものの、冷静にもなれた。

連絡はまめに取り合いながらも、彼が目の前にいないことでずいぶん落ち着いた。

ちなみに、恋人からは遠距離恋愛は絶対に無理と、留学前に別れを告げられたそうだ。

それなら仕方ないと承諾したら、待っていてほしいの一言もないなんて無神経すぎる。花よりも、女心の勉強をするべきと責められたとか。

男女かかわらず、自らの感情や都合を一方的に押しつけるのはどうかと思った。

ところが、当人は今後の人間関係を築く上で参考になったとの受け止め方で、いかにも奏真らしかった。

彼の留学後も二年間は『Cherish Garden』でアルバイトをつづけたが、大学院への進学を機に辞めさせてもらった。

自分のかわりに後輩を連れていくと、店長たちの眼鏡にかなったようで安心した。

奏真も国際電話をかけてきて、礼を述べてくれた。

「四年間、ありがとう。蓮見くん」

「いえ。桜森家の方々には、本当にお世話になりました」

「こちらこそだよ。家族ともども、すごく感謝してる」

「とんでもない」

「院でも、ハーブの研究を頑張ってね」

「はい」

「年末に帰国したときに、直接会ってお礼を言わせてよ」

「そんな、わざわざいいですよ」

「僕がきみに会いたいだけだから」

「…わかりました」

アルバイトを辞めたあとも、奏真とのやりとりは継続した。

ただし、時差もあり、互いに忙しくなったので、メールがほとんどだった。やがて修士課程を終了し、博士課程に進むか、就職するかの時期になった。

両親はどちらでも好きにしていいと言ってくれていて、恩師には院に残らないかとほのめかされていた。

どうするか考えていたとき、奏真から電話がかかってきた。

来春に四年間の留学を終え彼は帰国後、両親の店を引き継ぐことになっていると聞いた。

「蓮見くん。今、大丈夫?」

「俺はかまいませんが、そっちは真夜中なんじゃないですか?」

「うん。でも、すぐに相談したいことがあって」

「なんですか？」

「きみがすごく欲しいんだ」

「……どういう意味でしょう？」

心なしか、珍しく上擦った声で熱烈な文句を告げられて頬がひくついた。

顔を合わせた状況でなく、スマートフォン越しでよかったと内心で思いながら訊ね返した蓮見に、答えられる。

「あ、ごめん。端折(はしょ)りすぎた」

「ですよね…」

「えっと、日本に帰ったら、フラワーショップの上階でハーブティー専門のカフェをやるつもりなんだけど」

「そうなんですか」

「それで、きみにそのカフェのマネージャーになってほしくて」

そういうオチかと、気づかれないように小さく溜め息をつく。

奏真の直接的な言い回しには慣れていても、さすがに胸がざわついた。当然、一連の心情はいっさい出さずに淡々と応じる。

「相変わらず、唐突ですね」

「思いついたのが、さっきなんだよ」

「なるほど」

「適任者は蓮見くんしかいないと思って。ハーブさえ使ってくれたら、きみの好きなようにしていいから」

「オーナーは奏真さんなのに？」

「僕より、蓮見くんのほうがしっかり者だし」

「自分で言いますか」

「事実だからね」

なんともざっくりした誘い方は、おっとりした彼ならではだ。

ただ、ハーブティー専門のカフェというのは、目のつけどころは悪くない。

元々、店の立地もよかった桜森家の畑で育てたハーブやエディブルフラワー、地元産の野菜を使った軽食とスイーツも出したいと聞いては、なおさらだ。

生産者の顔がわかるだけでなく、地産地消が消費者に受けるだろう。

自分が『Cherish Garden』を辞める前から、実弦が数年間カフェでアルバイトをしていたとかで、実弦も経営に携わるため、飲食店を開くのに支障はないそうだ。

現状は、事業拡大を計画する有望な会社への就職と変わらなかった。

なにより、奏真のそばに再びいられるチャンスだ。

真っ先に自分へ声をかけてくれたことも、素直にうれしい。

「だめかな？」

「……」

神妙な声音で訊ねられて、さらに真剣に考えた。

正直なところ、なんだかおもしろそうだった。専門に研究してきたハーブの知識や取得した資格も存分に活かせる仕事でもある。

接客はすでに『Cherish Garden』でアルバイトした際に経験ずみだ。

彼と一緒にいると感情を抑えるのに苦労するにしろ、それでも近くにいたかった。

再度、返事を促されて心が決まり、口を開く。

「わかりました」

「いいの？」

「はい。お引き受けします」

「ありがとう！」

「あらためて、よろしくお願いします」

「僕のほうこそ」

それから、いろいろと準備を始めて翌春にカフェのオープンに漕ぎ着けた。

四年ぶりにともに働くようになった奏真は、自らのハイパーな緑の手にやはり無頓着で笑えた。

仕事も想像以上に楽しく、やりがいがあった。

ほぼ毎日そばにいるせいか、予想どおり想いはますます募ったが、告白は以前よりも難しい状況になった。

同じ職場で、双方が替えが利きにくいためだ。

恋心を打ち明けて今までの彼との関係が壊れれば、退職しなければならない可能性が高くなる。

同僚や取引先や桜森家の人々、顧客にも迷惑をかけてしまいかねない。

そう懸念し、慎重な振る舞いを己に課してきた。その一方で、さりげない言動で好意を示しつづけるも、そろそろ腹をくくる。

万が一に備えて、自分にかわる人材の目星もつけていた。

「ん……」

「奏真さん?」

むずかるような奏真の低い呻(うめ)きで、長い回想から我に返る。

膝枕で眠る白い目蓋(まぶた)が震え、ゆっくりと開いて薄茶色の双眸が現れた。眼鏡のない素顔を眺めていると、ほどなく視線が合う。

微笑みかけられて、つられて口角を上げた蓮見に彼が言う。

「気持ちよかった？」

「なにがです？」

「蓮見くんの右手だけじゃなくて、左手と肩もマッサージしたから」

「夢だと思いますが」

「え？」

寝惚(ねぼ)けていたらしい奏真が状況を把握したのか、おもむろに上体を起こす。

夢にまでみるとは、よほどマッサージがしたかったとみえる。現実と混同ぎみなのが、彼の真骨頂だ。

ソファに座り、申し訳なさげな表情を浮かべられた。

眼鏡をかけるのも忘れて、蓮見を見つめて真摯に謝ってくる。

「ごめん。きみを抱き枕にするなんて、重かったよね」

「膝枕を貸しただけで、抱き枕にはなってませんよ」

「言い間違えた。だけど、脚が疲れただろうから揉もうか？」

「いえ。気にしないでください」

「痺(しび)れてない？」

「大丈夫です」

「そっか。よかった」

両眼を細めた奏真が手を伸ばしてきて、自らが寝ていた大腿を撫でた。あまりおおげさに反応するのもためらわれ、好きにさせる。

蓮見が積極的に触れるためか、彼もボディタッチには遠慮がなかった。

「昨夜、ちゃんと寝たはずなのに」

「春は気候がいいので、眠くなるんでしょう」

「蓮見くんのそばは安心できるから余計に、かな」

「…こんなことをされますが？」

「うわ！」

意表を突いて細い身体をソファに押し倒して覆いかぶさり、顔を覗き込んだ。全体重をかけないよう気遣い、顔の脇に両肘をつく。

「これでも、安心ですか？」

「じゃあ、僕も」

「？」

瞬時、驚いた面持ちでいた奏真が悪戯っぽく笑った。

彼も男兄弟がいるので、こういう取っ組み合いめいたことは子供の頃に経験ずみなのだろう。すかさず、蓮見の首に両腕を回し、抱きついてきたかと思うと、力任せに体勢を入れ替えようとする。

必然的にソファから二人そろって、ローテーブルを押しやる形で落ちた。

ソファ自体もさほど高くなく、床には厚手のラグマットが敷いてあるとはいえ、奏真を庇って自分が下になる。

蓮見に乗り上げるような格好で、間近で心配そうに見下ろしてこられた。

「どこか打ってない？　大丈夫？」

「ええ。奏真さんは？」

「きみのおかげで平気だよ」

「それはなによりです」

「ありがとう。やっぱり、蓮見くんのそばは安心できるね」

「安全と同義語なんですね」

「心が穏やかでいられるっていう意味では、そうかな」

「……少しは不穏になってくれないものか」

「ん？」

「なんでもありません」

全幅の信頼を寄せられ、身をあずけている現状に苦笑を漏らす。違う意味で意識してもらいたかったが、言うわけにもいかずにごまかした。

屈託のない笑顔を湛えて、蓮見の胸元に顎を置いた彼が呟く。

BULBOUS
FLOWER

「うちの猫がね」

「ええ」

「たまに、僕の上で眠る気持ちがわかったかも。あったかくて、このまま寝そう」

「それはさすがにやめてください」

「重いから？」

「…まあ、そうです」

「すごく寝心地がいいのに残念だな。全身マッサージするよ？」

「どちらも遠慮します」

そういう問題ではないと胸中でぼやいて、きっぱりと断った。

くすくすと笑いつつ、奏真が蓮見の上から退く。その後、途中まで見ていたイングリッシュガーデンの録画を見終わってから、彼は帰っていった。


この日も、カフェのランチタイムはそこそこ忙しかった。

蓮見をはじめ、外山と片野と手分けして乗り切る。実弦の昼休憩にフラワーショップの店番を終えて、十五時過ぎにカフェに戻ってきた。

あいにくの雨模様とあり、いつもよりは客足が少ない。そのかわりとばかりに、今いる客は滞在時間が長く、追加オーダーをされていた。

「蓮見くん、七番テーブルに行ってくれるかな」

「ハーブティーの配合リクエストですね？」

「うん」

「わかりました。これを運んだあとに寄ってきます」

「お願いするね」

別の客のスイーツとハーブティーを載せた盆を片手に、彼が颯爽と歩いていく。

下げてきた食器を片づけたあと、店内が見渡せる位置に立った。ほどなく出入口の自動ドアが開き、挨拶しようと新規客を見て双眸を瞠る。

やってきたほうも、奏真を認めたらしく軽く片手を上げた。

「やあ、桜森くん」

「！」

「その表情からするに、サプライズは成功みたいだね」

「はい。とても驚きました」

「来た甲斐があったよ」

思いがけず来店したのは穂住だった。フラワープリントのシャツに白のパンツ、リネンのコートを羽織った個性的なスタイルだ。フロント部分にボリュームを持たせたブロータイプのクラシカルな眼鏡をかけている。

機敏な動作も相俟って、いつもながら三十四歳という年齢よりも若く見える。

実弦と同じくらいの身長だが、柔和な顔立ちゆえか威圧感はない。

穂住を毛嫌いする実弦も、客として訪れられては文句は言えなかったとみえる。または、接客か電話対応中で店の奥にいて、彼の来訪を見過ごしたかだ。

「どうぞ、こちらへ」

「ああ」

空いている席に案内し、お冷やとおしぼりを持ってきて眼前に置いた。多忙な人の突然の訪れに、申告に違わず驚きを隠せなかった。

先日、食事に誘われて以来、一か月あまりが経っている。

脱いだコートを椅子の背にかけ、メニューを見ていた彼が微笑み返してくれた。

「いきなり来て迷惑だったかな？」

「とんでもない」

「本当に？」

「ええ。穂住さんのお顔を拝見しながらお話もできて、うれしいです」

「そうか」

「はい。ところで、今日はこのあたりでお仕事でも？」

「いや」

「違うんですか？」

「きみの店にいつか行くって約束してたよね」

「まさか、それを叶えるために？」

「まあね。急遽、休みが取れたから、実行に移したわけ」

「わざわざ、おいでいただけるなんて感激です」

社交辞令だと思っていたのに、実際に足を運んでくれるとは想定外だった。しかも、雨にもかかわらずだ。

恐縮する奏真を宥めて、穂住がメニューを指して訊ねてくる。

「きみのイチオシはなんだい？」

「穂住さんは、甘いものは大丈夫ですか？」

「ぼくは両刀遣いだからね」

「アルコールも甘いものも召し上がるんですね」

「そのとおり」

「でしたら…」

一番人気のローズとラズベリーのレアチーズケーキと、レモングラスとミントとタイムのフレッシュハーブティーを勧めてみた。

それでいいと言われて、オーダーを伝票に書き込む。

一礼し、いったん席を離れかけたところを呼び止められた。

「なんでしょう?」

「仕事中に申し訳ないんだけど、話し相手になってくれるかい?」

「え?」

「少しだけでいいんだ」

「穂住さん」

「きみに会いにきたのに、話せないのは寂しい」

「そうですね…」

「海外で見てきた珍しい植物の土産話を、ぜひ聞いてほしいな」

「!」

なんとも素敵すぎる誘いに、思い切り興味を引かれた。

写真もあるというふうにテーブル上へ置いている自らのスマートフォンに視線を流されて胸が躍る。

「わかりました。同僚に断ってきますので、お待ちいただいてもよろしいですか?」

「もちろんだよ」

若干の迷いはありつつも、忙しい合間を縫って来てくれたのだし、多少ならと承諾する。

あらゆる植物に精通した穂住と、奏真も話がしたかったのが本音だ。

普段と比べて、客足がかなり途切れていることにも後押しされた。

注文を厨房に通したあと、ハーブティーの配合を聞いてきて、すでに煎れて運び終えたらしい蓮見へ小声で話しかける。

「蓮見くん、いいかな？」

「どうかしましたか？」

「悪いんだけど…」

正直に事情を説明して、しばらく時間をくれないかと頼んだ。

なにかあれば、すぐに仕事に戻るとつけ加えた奏真に、彼が穂住が座る席へさりげなく一瞬、目線をやってからうなずく。

「どうぞ」

「ありがとう。わがままを言って、ごめんね」

「かまいませんよ。今日は幸い、のんびりペースですし」

「それじゃあ、ちょっとだけ」

「はい」

蓮見の許可を得て間もなく、穂住のオーダーが上がった。注文品を盆に載せて、彼のいる二人掛けのテーブルに行く。

　両隣は空いていて、お待たせいたしましたと言い添えてサーブした。次いで、その向かい側に静々と腰かける。

「失礼します」

「待ってたよ。ていうか、きれいだね。このケーキ」

「ありがとうございます」

「こっちの容器に入ってるのは、ハチミツ？」

「そうです。お好みでハーブティーに入れてお飲みください」

「ハーブティーもいい香りがしてて、美味しそうだね」

「どちらも、当店自慢の商品です」

「だろうね。これは人気があるのもわかるよ。じゃ、いただこう」

「どうぞ」

　それぞれに口をつけた穂住が、世辞ぬきに美味しいと目を丸くして感想を述べた。

　ときどきケーキとハーブティーを口に運びながら、彼が話を始める。

　訊けば、先週まで二週間あまり、アフリカ大陸の近くにある手つかずの大自然が残る島に仕事で行っていたらしい。

　現地の貴重な植物の写真を、個人的にもたくさん撮ってきたという。

スマートフォンを操作した穂住から早速、見せてもらった。

「わあ！」

「きみの喜ぶ顔が見られて、うれしいよ」

「本に掲載されているものより、すごく鮮やかな色ですね」

「実物はもっと鮮烈だったな」

「これ以上にですか？」

「ぼくも驚いた。次はね」

ディスプレイいっぱいに表示される美しい写真の数々すべてに見蕩れる。

図鑑でしか見られない花々や樹木についての解説にも聞き入った。

興奮のあまり、声が大きくならないように気をつける。

どの植物の仲間なのかとか、詳しい生態とか、実際に目の当たりにしてきた人の話には説得力があって楽しかった。

食虫植物の捕食シーンの動画もあり、迫力に見入ってしまう。

「穂住さんが私的に撮ったものを見せていただけるなんて、贅沢すぎますね」

「そうかな？」

「ええ。プロの方は、やはり素晴らしいと実感しました」

「ここにも、ぼくとは違うプロが写ってるよ」

「こちらの外国人ですか？」

「彼はプラントハンターなんだ」

「え⁉」

「現地入りして、いきなり紹介されてね」

　薬剤や化粧品類の原料となる植物や、稀少な植物を探求するプラントハンターに会ったと聞いて、その話にも興味深く耳を傾けた。

　写真も続々と見せられるうちに、気づけば穂住とかなり接近していた。

「あ」

「うん？」

　互いにテーブルに身を乗り出し、顔を突き合わせる勢いだ。

　今にも、頰同士が触れ合いそうな体勢ともいえる。

　大好きな植物の話題で、つい熱中してしまった自分を反省した。パーソナルスペースの侵害も甚だしいと、慌てて謝る。

「すみません。近づきすぎました」

「ああ」

「大変、失礼いたしま…」

　直ちに距離を置こうとした奏真の手首が、強い力で摑まれて引き留められた。

間近にある穂住の双眸を訝しげに見つめて、首をかしげる。

「穂住さん?」

「別に、ぼくは気にしてないよ」

「はあ」

「写真はもう見ないのかい? まだあるけど」

「見たいです。ですが…」

腕時計にちらりと視線を落としたら、すでに二十分が過ぎていた。ほんの十分程度のつもりだったのに、倍以上も経っていて驚く。

いい加減、仕事に戻らないと、ホールを任せ切りの蓮見に申し訳なかった。

「そろそろ業務のほうが」

「そうだね。だったら、今夜は空いてる?」

「え?」

「今日こそ、食事に行こうよ」

いくぶん顔を寄せてきて、ひそめた声で訊ねられた。

夜はなにも予定は入っていないが、実弦が知れば面倒なことになりそうだ。けれど、穂住が海外で撮ってきた珍しい植物の写真をまだまだ見たかったし、話ももっと聞きたい好奇心がわいてくる。

先日の誘いを断った埋め合わせもしたかった。

植物好きな奏真にとっては極めて魅力的な誘惑に、気持ちが揺れ動く。実弦対策を考えているると、なおも言われる。

「夕飯を食べながら、残りの写真も見よう」

「！」

「そうだ。動画もまだあった。それも二人で観ない？」

「……っ」

「桜森くん？」

緑豊かな島の植物の写真と動画をちらつかされては、ひとたまりもなかった。穂住の生解説つきと知るだけに、いちだんとだ。

即座に迷いが吹き飛び、彼と至近距離で視線を合わせて力強くうなずく。

「両方とも拝見させてください！」

「よし。決まりだね」

「はい」

「食べ物の好き嫌いはあるかい？」

「なんでも食べます」

「なら、店はぼくが選んでおくよ」

「お任せします」

「やっと、桜森くんと落ち着いてじっくり話せるな」

「穂住さんとご一緒できるなんて、僕も心からうれしいです」

「……一見、近寄りがたそうな美人なのに、中身は人懐こいっていうギャップがまた…」

「？　…あ！」

よくわからない内容を口走られて怪訝に思った直後、新たな客が同時に二組入店してきたのに気づいた。

接客しなくてはと腰を上げると、手首を離した穂住が訊いてくる。

「閉店時間は何時かな？」

「六時ですが」

「OK。その頃に車で迎えにくるよ」

「わかりました。楽しみです」

「ぼくもだ」

笑顔を向けられて、今し方の発言を訊き返す機会を逸する。いつものアーティスト気質ゆえのものと位置づけ、奏真も微笑み返して一礼し、テーブルを離れた。

蓮見とそれぞれに接客したあと、穂住が席を立ってレジに来る。

伝票と紙幣を差し出されて、微笑まじりにかぶりを振った。

「お代はけっこうですので」

「それは悪いよ」

「お越しいただいた上に、稀有なものを見せてもらいましたから」

「桜森くん」

「お礼にもなりませんけれど、僕のほんの気持ちです」

「じゃあ、ここは素直にごちそうになっておくよ。あとでね」

「はい」

小さく手を振った彼が店を出ていく後ろ姿を見送り、もう一組、レジで精算を終えてから店内を見回す。

視線の先に、柔和な笑みを浮かべた蓮見がいた。

さきほどは気がつかなかったが、新規で訪れた二組のうち片方の女性客と気が置けない様子で言葉を交わしている。

自分が接客したのは男女のカップルだったのに対し、こちらはひとりしかいない。

黒いストレートの髪が肩付近まである、知的な印象の美女だ。

年齢は二十代半ばくらいに見えるも、若いわりにしっとりと落ち着いて映る。

客と談笑するのは、別段なにもおかしくなかった。穂住と話し込んだのは別ながら、普段からそれなりのコミュニケーションは図ってきた。

ハーブティーの配合を聞く際など、彼は雑談まじりに話すという。そんな中でも、いつもはどことなく一線が感じられた。

ただ、件の客については、奏真にもわかるくらい親密そうな雰囲気が漂う。

もしかして、蓮見にも知人が訪ねてきたのだろうか。失礼にならない程度に、周囲に気を配りつつも二人を注視する。

おそらく、女性客はハーブティーの配合を頼んでいると思われた。

ハーブの効能を記した一覧を指す蓮見から、そう受け取れる。間を置かず、リクエストがすんだようで彼が伝票を持ったものの、なおも会話をつづける。

姦しいわけではなく、彼らがまとう物静かな空気感になんとなく共通点があった。

「似てる…？」

そっと呟くも、見た目の問題とは異なる。

蓮見の妹には以前、会ったことがあるので、別人なのは承知だ。血縁関係はないのに、不思議と似通っている。

見つめていた瞬間、女性客がふとこちらに視線を向けた。

「！」

想定外に目が合い、咄嗟に会釈した。会釈を返してきた彼女が、目線を逸らす寸前に口元を意味深にほころばせる。

一番奥の席なので声は聞き取れないけれど、彼女のほうが蓮見へ時折触れた。

彼も満更でもない風情で、にこやかに受け答えする。

微笑みもだが、幾度となく蓮見に触るのが気になった。やんわりとでかまわないから、彼も躱せばいいのにと思い、そう考えた自分を訝る。

「僕は、なにを…？」

眉をひそめてひとりごちたところに、蓮見が戻ってきた。

オーダーを厨房に告げて、自らはハーブティーを煎れ始める。やがて、外山が盛りつけたローズとラズベリーのレアチーズケーキの皿と、数種類のハーブが入った透明なティーポットとティーカップ、ハチミツが入った小さな容器を盆に載せて運んでいった。

そこでまた彼女と話してから、奏真の横にやってくる。

隣に並んだ長身を見上げ、我慢し切れずに問う。

「あのお客様、蓮見くんの知り合い？」

「ええ、まあ」

「ずいぶん、親しそうだよね」

「高校の同級生なんです」

「そうなの？」

「はい。店に入ってきたときから、見覚えがある顔だなと踏んでたんですが」

「面影(おもかげ)があったんだね」

「向こうも、俺と同じことを思ってたらしいです」

「へえ。その頃も仲がよかった？」

「彼女ともうひとりの男子が、三年間同じクラスだったので」

当時は親交が深かったが、大学進学で蓮見が上京して以降、徐々に音信が遠のいていったらしい。

互いの転居もあり、彼女のほうは携帯電話の電話番号とメールアドレスも変更した経緯があるため、連絡がつかなくなっていたとか。

「会わずにいた間に、実家へ電話するほど緊急の用事もありませんでしたし」

「蓮見くんの連絡先は変わってないのに、なんで連絡してこなかったんだろう？」

「間違った番号に一度かけて、俺もケータイごと変えたと思い込んだみたいですね」

「まさか、メールも別人に誤送信したとか？」

「推察どおりです。信じられないくらい、そそっかしいやつなんですよ」

「そんなふうには、全然見えないけど」

「あいにく、粗忽(そこつ)さは昔とちっとも変わってません」

「ふうん」

「いっそ、磨きがかかってて呆れるほどです」

内容はほぼ悪態だが、口調はとても優しかった。

ブランクがあるにもかかわらず、わずか十分足らずの邂逅(かいこう)で会わずにいた時間を埋めてしまったとみえる。

自分を見た彼女が笑みを湛えたのを思い出すも、会話の詳細を根ほり葉ほり訊くのは、さすがに憚(はばか)られた。

蓮見がそれに気づいていなかったら、訊ねたところでむだだ。

苦肉の策で、どうにか絞り出した質問をする。

「きみって、同窓会には出てたっけ？」

「いえ。その手の集まりには興味がなくて」

「そっか。…って、つまり、彼女は長野の人なんだね」

「今は東京に住んでるようですが」

「そうなんだ」

二人が醸し出す雰囲気が似ていると感じたのは、たまたまとはいえ、同郷だったことも影響しているかもしれない。

奏真には穂住が、蓮見は同級生が不意に訪れて意外な日だ。

「今日は友達が住む鎌倉に遊びにきた帰りに、偶然この店へ入ったそうです」

「そこで蓮見くんを見つけたんだから、びっくりしただろうね」

「俺も驚きましたよ」

「ひさしぶりに会ったのなら、もっと話してきたら？」

「充分です」

「せっかくなのに、いいの？」

「はい。少なくとも、向こうは俺の連絡先を知ってますし」

「たしかに」

「俺の職場も知りましたから、なにかあればアクションを起こすでしょう」

「だね」

彼女がその気になりさえすれば、いつでも連絡はつくのだ。自分が関知しなくても、いくらだって会って話せる。

蓮見もそれをたぶん、拒まない。むしろ、この調子だと歓迎すると思った瞬間、なぜか胸が疼いた。

二人が親しげにやりとりしていた場面が脳裏にひらめくと、今度はもやつく。

「？」

自身でさえ理解できない感情を覚えて、密かに困惑した。

自らを持てあまし、初めての妙な感覚のまま口を開く。

「蓮見くん、手を貸してくれる？」

「手ですか？」

「うん」

「俺の手がなにか…」

「ちょっとでいいから」

不審そうな表情になった蓮見の言葉をさえぎって右手を摑み、奏真の心臓のあたりに手のひらを押し当てた。

彼の手に自分の手を重ねて、大きな溜め息をつく。

戸惑いぎみに眉をひそめ、蓮見の目を覗き込むようにして訴える。

「急に、ここがもやもやし始めてね。なんでかな？」

「…胸焼けでしょう」

「それとは違う気がする」

「……今日は雨で客足が鈍いせいで、売上が気になっている」

「あんまり気にしてない」

「オーナーなんですし、少しは気にしてくださいよ」

「天気がいい日に挽回（ばんかい）すればいいし」

「非常に前向きな意見で、ストレスで胃を痛める思考の人とは思えませんが」

「じゃあ、このもやもやはなに？」

「俺は医師ではないので診察はできません。……手、いいですか？」

「あ、うん」

穏やかな声音で催促されて、握っていた蓮見の手を離した。ゆるやかにかぶりを振る彼は微妙に疲れた面持ちだ。

売上をそうも気にかけるとは、律儀で責任感が強い蓮見らしい。

マネージャーの鑑と感心しつつ、ならばと専門分野について問いかける。

「じゃあね、胸がすっきりしそうなハーブティーはある？」

「気持ちが落ち着くものなら何種類かありますが、煎れますか？」

「明日でいいよ」

「今でなくてもいいんですか？」

「時間が経てば治るかもしれないし、一晩経過を見てみる」

「わかりました」

蓮見に触れて話しているうちに、いくぶんよくなってきていた。

奏真のことを緑の手というが、彼は癒やしの手の持ち主ではと思う。

試しに、蓮見の左半身に自らの右半身をぴったりとくっつけた、並列した体勢で立ってみた。

すかさず、不可解といった顔つきをされる。

「奏真さん?」

「ごめん。実験中だから、このままで」

「いったい、なんの実験ですか?」

「癒やしの手かどうかだよ」

「俺にわかるような説明をお願いします」

「きちんとした結果が出たらね」

「…まあ、お好きにどうぞ。仕事はさせてもらいますが」

「いいよ」

肩をすくめて容認してくれた彼に、引きつづき張りつく。追加オーダーを受けたり、レジに立ったり等する以外、どこか触れ合っていた。

この間に例の女性も席を立ち、レジで蓮見とまた少し話した。

今度は距離が近かったので、二人の会話が耳に届く。

「会えてよかったわ。元気そうで安心した」

「そっちもな」

「連絡してもいい?」

「ああ。って、俺の番号とメアド、消去してないだろうな」

「一応、取ってあるの。私にしては慎重でしょ」

「次は間違えるなよ」

「もしも間違えたって、このお店に電話すればあなたがいるもの」

「おまえはそれも間違えそうだからな」

「問題はそこなのよね」

蓮見の指摘を否定するのではなく、まじめな口調ですんなり認めた彼女に噴き出しかけた。彼が言っていたとおり、かなりのうっかり者らしかった。

デキる美女という外見とは裏腹に、とても可愛らしい性格のようだ。

レジの脇に置いてあった住所や電話番号、メールとサイトアドレスが書かれたショップカードを持ち、かかるまでかけると意気込む彼女に、蓮見が嘆息ぎみに告げる。

「まずは、俺のスマホにしろ」

「そうだったわ」

「ほんとに大丈夫なのか、限りなく怪しいな」

「最新機種に変えたばかりなの。ヒロも知ってのとおり、機械音痴でまだ使いこなせてないから、あまり期待しないで気長に待ってて」

「わかった。頑張れよ」

「ええ」

彼女が蓮見を愛称で呼んでいるのを聞いて、鳩尾（みぞおち）あたりが再びもやもやとしてきた。

ファーストネームの紘哉から取ったのだろう。同級生という関係性ゆえに、なんとなく持っていた名字か下の名前に『くん』づけとのイメージに反し、二人の距離感の近さが窺えた。

すらりとした美人が帰ったあと、さらに蓮見へ寄り添う。

彼女だけでなく、高校時代の友人は大概、彼をそう呼ぶのだと聞いて、胸の違和感が次第に薄れていった。

呼称が気になるなんてと、自らの神経質な面を発見した。

おそらく、これまでは蓮見と近しい人を彼の身内以外に知らなかったので、唐突に現れた旧友に驚いただけだ。

長いつきあいになるが、大学以前の蓮見のことはほとんど無知だと認識する。

奏真のほうは訊かれるつど、いろいろと話していた。自分が言わなくても、家族が教えるケースも多々あった。

今後、少しずつ聞いていこうと思う傍ら、穂住の相手をさせてもらった礼を述べていなかったと思い至る。

「遅くなったけど、仕事中なのに穂住さんと話をさせてくれてありがとう」

「どういたしまして」

「おかげで、楽しく過ごせたよ」

「なによりです」

「海外の珍しい植物の写真や動画を見せてもらったんだ」

「なるほど」

「夢中になりすぎて、かなり時間を取ってごめんね」

「いえ。まだゆっくりしていても、かまわなかったんですが」

「でも、新しいお客様が二組もみえたし」

「ええ。助かりました」

奏真と違い、蓮見は穂住と自分の動向にまったく触れてこない。

ホールを任されていたので、仕事に集中していたから見ていなかったのだろうか。それでも、少しは目に入ったはずだ。

いつもどおりの対応だし、通常であれば奏真も気にしないのだが、今日はなんだか引っかかる。

同級生について、自分が訊ねてしまったせいかもしれなかった。

なにも訊いてこない彼に、こちらから水を向ける。

「穂住さんと今夜、食事に行くことになったよ。閉店後に車で迎えにくるって」

「そうですか」

「……それだけ？」

淡々と応じられただけで終わり、果たしてなにを訊ねたかったのかと自問自答する。

なんの反応も得られずに残念がっている己にも気づき、いちだんと戸惑った。

胸のもやもやといい、この妙な感情といい、経験がなくて対処のしようがない。当惑しながらも、蓮見を見遣って言う。

「実弦に怒られるかな？」

「怒られたいんですか？」

「そんなことはないけど…」

「けど、なんです？」

逆質問で冷静に切り返されて、またも答えに困った。

一瞬、蓮見になら叱られてもいいと思った自身には、もっと途方に暮れる。どういう思考回路か不明で首をかしげた奏真に、彼が真顔でつづける。

「怒るかどうかはともかく、黙ってはいないでしょうね」

「今日の天気で、穂住さんの来店に気がついてないとかは…」

「実弦くんに限って、ありえません。確実に認知ずみかと」

「食事の件を知られたら、最低でも説教されそう」

「激しく過保護ですからね」

「立場が逆だよね」

「気持ちはわからなくもありませんが」

「そうなんだよ。僕が実弦を甘やかすならともかく」

「いえ。ああ……まあ」

「ていうか、蓮見くんは…」

「はい？」

苦笑まじりに片方の眉を上げた蓮見に『言いたいことはないの？』と訊ねかけて、『ない』と断言される確率が高くてやめた。

そもそも、なにを言われたいのだという話である。

かわりに、思いついた別の問いを口にする。

「きみは、実弦に正直に伝えたほうがいいと思う？」

「それが無難ではありますね」

「すごく気が進まないな」

「車で迎えにきてもらうのなら、どうせバレますよ」

「あ……」

「事後報告は、事態をさらに悪化させかねません」

「そうだね」

がっくりとうなだれて、素直に知らせると決めた。

結局、蓮見にどういった態度を取ってほしかったのかは自分ですらわからないまま、カフェの閉店を迎える。

彼と外山、片野にねぎらいの言葉をかけ、一階に降りていった。

制服を着替えてロッカールームを出た途端、実弦に捕まる。

カフェ同様、フラワーショップも今日は雨で客足が少ないので、話ができると判断したのだろう。

「奏兄、ちょっと」

「ん？」

作業台のそばにあるラッピング用のリボンを並べている棚に背中をつける格好で立つ奏真の目の前に、実弦が仁王立ちになった。

心なしか据わった両眼で見下ろされて、確信的な口ぶりで言われる。

「昼間、チャラ男が来てたよな」

「穂住さんね」

「あいつが帰った直後に塩をまいてやったけど、なにしに来やがったんだ？」

「塩って……やりすぎだよ」

「おれにとっては疫病神とか害獣同然なんで、当然の措置だし」

「とてもいい人なのに」

「そんなんだから、奏兄は放っておけないんだって」

「実弦が過保護すぎなだけ。穂住さんはお客様としていらしたの」

「今後は出禁で」

「無茶を言わないようにね」

本気の提案と表情で伝わってきたが、溜め息をついて受け流す。

一度もろくに会話経験がないのに、なぜこんなにも穂住を嫌うのかわからなかった。何度も理由を訊ねてきたけれど、うやむやにされて埒が明かない。

困り果てるも、これからさらに実弦の怒りを買いそうなことを言わなければならなくて気が重かった。

それでも、隠しておくとあとが厄介なので切り出す。

「あのさ、実弦」

「なに？」

「これから、仕事終わりに穂住さんと食事に行く予定になってるってね」

「はあ⁉」

剣呑な目つきになっただけでなく、声も地を這うように低くなった。

予想どおり、即行で不機嫌になられる。小さく溜め息をつきながらも、端的に事情を説明する。

「穂住さんが海外で撮ってきた貴重な植物の写真とか、動画を見せてもらうんだよ」

「そいつをエサに奏兄を釣ったわけか」

「単なる彼の厚意だから」

「確信犯に決まってるだろ」

「どうして、そう悪く受け取るかな」

「とにかく行くのは反対。だいたいな…」

相変わらず、穂住とかかわるのを強硬に拒まれた上、盛大な説教をされた。

果ては愛想を振りまくなだの、人見知りしろだの、勝手な要求に呆れる。

聞くには聞いたが、奏真としても今日こそはきちんと話してくれないと納得できないし、譲れなかった。

実弦の目をじっと見て、何回目になるかわからない問いをする。

「なんで、行ったらいけないの？」

「だめなものはだめだし」

「ちゃんと、わけを言ってよ」

「おれはあいつが嫌いだ」

「理由になってない。この前の誘いも断ったから、埋め合わせをしないと」

「そんな義理なんか通さなくていいんで、今すぐ断るように」

「実弦…」

堂々巡りの議論に、さすがの奏真も閉口した。蓮見とは真逆の苛烈なリアクションに嘆息しつつ、ついぼやいてしまう。

「蓮見くんは普通の対応だったのに」

「銀河系キャパの男と同列にされたくない。ていうか、ハスミンも本…」

「『もほん』ってなに？」

「…いや、別に。とりあえず、あいつと食事はなし」

「もう約束してるし、無理だよ」

「奏兄！」

なおも引き留められたが、行くと押し切った。閉店までの間も、仕事をしながら宥めすかされたものの、聞き入れない。

十八時になって片づけと掃除を始め、それらが終わる頃に穂住が車でやってきた。

店の外に出てみると、雨はすっかりやんでいた。

少し待ってもらい、制服から生成り色のプルオーバーにニットパーカ、ストーングレーのパンツ、デニムコートをまとった格好に着替える。

レザートートを肩にかけて、憤然とした面持ちの実弦に声をかける。

「じゃあ。先に帰るね、実弦。お疲れさま」

「……お疲れ」

「戸締まり、よろしくね」

「…わかった」

機嫌の悪さを隠そうともしない声音で答えられて、苦笑が漏れた。返事はくれたので、よしとする。

実弦が見守る中、穂住に勧められて助手席に乗り込んだ。


外山と片野が退店したあと、蓮見もすべての片づけをすませてロッカールームに向かった。時刻はあと五分弱で十八時になる。

カマーエプロンを取り、シャツのボタンを外して呟く。

「夕方以降のあれは、なんだったたんだ…」

来店していた穂住が出ていって以後、奏真の言動が妙になり出した。

正確に言うと、蓮見の同級生が帰ってからかもしれない。

突然、手を取られて彼の胸元に押し当てさせられたり、ぴったりと寄り添ってこられたりと心臓に悪いことばかりされた。

しかも、どこか不安げな揺れる眼差しで見つめられて参った。

仕事中かつ人前でさえなければ、遠慮なく抱きしめていたが、一応、理性が働いて思いとどまった。

ずいぶん同級生を気にかけていたようながら、ひさしぶりに会った葛西朱音も相変わらずだった。

しっかりして見えて抜けているのに、勘は鋭いところもだ。

オーダーを聞く合間に近況を話した際、バックヤード近くに立つ奏真を見るなり、蓮見の想い人と見抜いたのだ。

周囲を憚ってか、いくぶん声をひそめて訊ねられる。

「あそこの制服の彼、ヒロとお似合い。つきあってるの？」

「まさか。俺の一方的なものだ」

「もしかしなくても、性的指向の不一致？」

「ありがちだがな」

「それは、いろいろと気を遣って大変ね」

「いいこともなくはない」

「そう。でも、うちの親の例もあるから希望は持てるわ」

「どうも」

いたわるように腕を撫でてこられて、双眸を細めた。

朱音には高校入学後、間もなくセクシュアリティを知られた。その頃の恋人が朱音の義父の従兄弟(いとこ)で、彼の家に泊まっているのを義父に頼まれて偶然訪ねてきた彼女に目撃されたあげく、追及を受けてごまかし切れなかった。

ちなみに、この義父は朱音の父親の伴侶だ。

妻を病(やまい)で亡くし、まだ二歳の娘を抱えて困っていた実父に、幼なじみでずっと好意を寄せていた義父が手を貸した。ともに子供の面倒をみて、ほどなく一緒に住むようになり、やがて想いを重ねたとか。

男二人に育てられた朱音は環境ゆえか、本人は異性愛者だが、性的マイノリティに寛容だった。

蓮見のセクシュアリティを知っても驚かず、他言もせずにいてくれた。

そんな朱音だから、異性では唯一、親しくなりえた。彼女らしい不手際で長い間、親交は途絶えていたものの、復活できて喜ばしい。

朱音の父親と義父とも、面識はあった。

「親父(おやじ)さんたちは元気か？」

「ええ。いつまで経っても、びっくりするくらい仲がいいわよ」

「おまえも巣立ったしな」

「きっと、新婚をやり直してるのね」

大学は地元の私立に進んだので、実家から通っていたらしい。

大学卒業後、就職のために実家を出て以来、東京で生活しているが、月に一度は一人暮らしの部屋に義父が訪ねてくるそうだ。

実父は三か月に一度くらいで、彼女も盆と正月は帰っていると聞いた。

「昔と同様、親の愛情を注がれまくってるな」

「いいでしょ？」

「おまえの親父さんたち好きも、変わらずか」

「嫌いになる理由がないんだもの」

「たまに鬱陶しくなったりしないか？」

「ちっとも。いつだって大好きよ」

「そうか」

暑苦しいほど愛されていても、まったく息がつまらないという。

男親に対して娘は反発しそうなものだが、朱音が思春期にも彼らと仲がよかったのを覚えている。

満面の笑顔を見せたあと、ふと彼女が言い添える。

「でも、私の彼氏にうるさいのは困るかしら」

「可愛い娘のことが心配なんだろ」

「なにかとチェックが激しいの。家事をしない男は問答無用でだめ。私に全部させるつもりなのかって、気に入らないみたい」

「今どき、分担は当たり前だからな」

「お父さんより、パパのほうが厳しいのよ」

「親父さん以上に、おまえを溺愛してたもんな」

「私がお父さんに瓜二つだから、パパは余計に気になるのね」

「なるほど」

実父を『お父さん』、義父を『パパ』と呼ぶのも変わっていないらしかった。

懐かしさに微笑み、昔話を交えながらもハーブティーの配合も聞く。ラベンダーとレモンバームのハーブティーと、ローズとラズベリーのレアチーズケーキという注文を取り、彼女がいるテーブルを離れた。

厨房にオーダーを通し、ハーブティーの用意をして煎れる。

蒸らす間に専用の容器にハチミツを入れ、ティーカップも盆にセットする。

間もなく、皿に美しくデコレーションされたチーズケーキができてきたので、盆の上に載せて朱音のもとに運んでいった。

「お待たせしました」

「まあ、きれいね。とっても美味しそう」

「どっちも美味いぞ。ハーブティーには、好みでハチミツを入れてくれ」

「わかったわ」

「どうぞ、ごゆっくり」

「ありがとう。いただきます」

このあと、奏真のそばに戻ってから理性への試練が始まった。

いつになく、彼のほうから積極的に触れてこられて弱り切った。わずかでも離れているのは不安とばかりに、身体のどこかを密着させてくる。

理解不能な実験中と言われる始末で、制止はあきらめた。

時折、客席に足を運ぶが、いつものように忙しくはない。そのせいで、待機する時間と奏真との接触時間も増えた。

小声とはいえ私語は慎むべきなのに、話しかけられては無視もできずに返す。

「蓮見くんて、けっこう体温が高いよね」

「そうですね。あなたはたしか、低体温でしたか」

「うん。平熱が三十五度台だし。きみは？」

「三十六度八分です」

「僕にとっては微熱を通り越して、すでに発熱の域だよ。どれ」

「…………」

「わ。本当にあったかい」

「奏真さん…」

不意に、首筋へ手を当てられて頬が引きつりかけた。

どうにか堪え、苦笑まじりに冷たいと述べて身を引く。

「ごめん。だけど、すごいね」

「免疫力（めんえきりょく）は高いかもしれませんが、夏は自分で自分が暑くてうんざりしますよ」

「僕は冬が寒すぎるかな。できれば、暖かくなるまで冬眠したい」

「店が困るので却下ということで」

「冗談だから」

「あなたはやればできそうなのが怖いんですよ」

「普通の人間に冬眠は無理だよ」

「普通ならの話です」

「僕はいたって普通でしょ？」

「さあ？」

意味ありげに微笑んでみせると、奏真が首をかしげた。

ほどなく、からかわれたと判断したらしく、蓮見の脇を小突いてくる。取り立てて痛くもなかったため受け流すも、あまりにも間近に彼がいるのは弱った。

時間を置いてならまだしも、ずっとなので神経が休まらない。

密かに苦悩する蓮見をよそに、唐突な質問をされる。

「きみの好きなタイプって、どんな人？」

「はい？」

「これまで聞いたことがなかったから」

「いきなりですね」

「うん。なんとなく興味がわいて。どういう感じの子？」

「どうと言われても…」

「そうだ。今、彼女はいるの？」

「いませんよ」

「じゃあ、過去につきあった人はどのくらい？」

「数えてませんので、わかりません」

「…数えられないくらいいなんだ。僕なんか片手の指でもあまるのに」

「いや。まあ…」

年齢相応にそれなりの経験はあるが、どの程度が一般的なのかはわかりかねた。基準が人によって違うとなれば、受け取り方も様々だろう。

驚きでなのか、双眸を瞬かせていた奏真が気を取り直したようにつづける。

「話を戻すね。タイプのルックスは？」

「……………」

訊き出すまでは譲らないといった姿勢がわかり、肩をすくめた。いったい、今日はなんなんだと天を仰ぎたくなった。

いささか、あきらめの境地で応じるも、たいした答えでもない。

加えて、前提が同性なのも彼には知るよしもないはずだ。

「中身に惹かれて好きになるので、見た目は特にこれといった決め手はないですね」

「どんな性格がいいの？」

「フィーリングが合うか合わないかです」

「具体的には？」

「たとえば、なにかの好き嫌いが同じ、とかでしょうか」

「なんか、よくわからないかも」

「恋愛なんて、そんなものですよ。理屈じゃなく相手を好きになるんですから」

「ふうん。僕は自分から誰かを好きになったことがないせいか、ピンとこないかな」

釈然としないというように、肩に額をつけてこられて苦笑いを浮かべた。またも身体を寄せられて、内心で深い溜め息をつく。

穂住と話しているときも、いくぶん距離が近いとは思っていた。

スマートフォンの画面を見て顔を輝かせていたため、おそらく植物の写真でも見せてもらっているのだろうと踏んだ。

気がついた奏真が離れかけた際、穂住が彼の手を摑んだ瞬間、駆けつけて引き剝がしたい衝動を必死に抑えた。

誰にでもフレンドリーで人に好かれる奏真が誇らしい一方で、自分だけしか視界に入れなくしてしまいたくなる。

今日はこれまでになく、その想いがひときわ強かった。

穂住と二人きりで食事に行くと聞かされたから、いちだんとだ。以前、昼間に都心のカフェで一時間ほど会ったときも、ひどくやきもきさせられたが、今回はそれどころの騒ぎではない。

「いよいよ、リミッターが振り切れたな」

耽っていた回想から我に返って、決意とともに声に出した。

シャツを脱いでクルーネックのロングTシャツを着る。スラックスから黒のパンツに穿き替え、グレーのウインドブレーカーを羽織った。

家の鍵と車のキー、財布、スマートフォンが入ったボディバッグを身につけ、電気を消してロッカールームを出る。

セキュリティシステムを作動させて店をあとにし、非常階段を使って階下に降りた。

陽が暮れて間もないが、一日中雨だったせいか、あたりはかなり暗かった。

街灯が照らす歩道を歩いて近くの駐車場に向かい、愛車に乗った。車内のデジタル時計を見ると、十八時二十三分と表示されている。

エンジンをかけて、駐車場からゆっくりと車を発進させた。


十五分くらい走ったところで穂住がウインカーを出し、目的の場所らしい店の駐車場に入って車を停めた。

シートベルトに手をかけた彼が奏真のほうを向いて言う。

「着いたよ」

「はい。運転、お疲れさまでした。乗せていただいて、ありがとうございます」

「桜森くんは礼儀正しいね」

「そうですか?」

「おかげで、ぼくの心はくすぐられてばかりだけど」

「穂住さん？」

「さあ、行こうか。きみもお腹が空いてるだろう」

「あ、はい」

やんわりと訊き返したが返事はなく、車を降りるよう促された。訊ねる機会をなくしたものの、あまり深くは考えず、シートベルトを外す。

連れてこられたのは、初めて訪れるブラジル料理店だった。

店内は広々としていて異国情緒にあふれ、客層も日本人と外国人が半々に見える。ブラジルと言えばアマゾン、ジャングルということなのか、密林（みつりん）に見立てているらしい様々な大きさの観葉植物が至るところに置いてあった。

流れるＢＧＭはラテンのリズムで、なんとも楽しそうだ。

店員に案内された四人掛けのテーブルに、向かい合って座る。アウターを脱ぎ、隣の椅子にバッグと一緒に置いた。

グラスに入った水と紙おしぼりがサーブされ、メニューを手に取る。

手に届く位置にサンセベリアとカラジウムの鉢植えがあり、とても和んだ。注文の前に緑に気を取られていると、ドリンクメニュー片手に声をかけられる。

「先に、飲み物を頼まないといけないみたいだよ」

「そうなんですね。穂住さんはなにになさいますか?」

「赤ワインといきたいところだけど、運転しなきゃいけないからね」

「代車を頼みますか?」

「いや、いいよ。ぼくはジンジャーエールにする」

「僕もソフトドリンクにします」

「桜森くんは、アルコールはだめなのかい?」

「そんなことはありませんけど」

「ここはカクテルも美味しいから、飲んでみるといい」

「ええ…」

「ぼくに気兼ねしなくていいよ」

「わかりました」

　穂住が探して選んでくれた店なので、無下(むげ)に断りづらかった。

　来る途中の車内で、奏真のためにあれこれ考えたと聞いていたせいもある。迷った末、飲みやすそうなカシスオレンジに決めた。

　飲み物をオーダーしたあと、今度は食事のメニューに移る。

　岩塩(がんえん)のみで焼き上げるメインのシュラスコと、ヤシの新芽をボイルしたものなどが入ったサラダのパルミット、タマネギとニンニクとトマトとココナッツで白身魚を煮込んだ海鮮シチューのムケッカ、ブラジル風揚げ餃子(ぎょうざ)のパステウ、ポン・デ・ケイジョというチーズパンを頼んだ。

それからすぐに、ジンジャーエールとカシスオレンジが運ばれてきた。

店員が去ったのを見計らい、穂住が言う。

「せっかくだし、乾杯しようか」

「そうですね」

「じゃあ、桜森くんと過ごす楽しい夜に乾杯」

「そのようにおっしゃっていただいて光栄です。乾杯」

グラスを軽く合わせ、微笑み合ってそれぞれが口につけた。

空腹にアルコールが効いたが、甘さを頼りに少しずつ飲み進める。ほどなく料理がテーブルの上に並んだ。

最後にパサドールと呼ばれるらしいスタッフが大串に刺して焼いた牛肉の大きな塊(かたまり)を持ってきて、目の前で切り取って皿に載せてくれた。

牛肉のほかに皮をむいた丸ごとのパイナップル、リングイッサという大ぶりのソーセージ、鶏肉もそれぞれ焼いた状態で、別々の大串から切り分ける陽気なパフォーマンスも披露される。

スタッフに礼を述べ、穂住とともに食べた。

「いけるね」

「はい。とても美味しいです」

「喜んでもらえてよかったよ」

「塩味だけでも充分楽しめますけど、このソースも絶品ですね」

「ほんとだ。これなら、飽きずに食べられる」

「ええ」

サラダや煮込み料理など、どれもが美味だった。

料理を味わいつつ、互いのプライベートに話が及ぶ。学生の頃のことから家族について、恋愛方面まで突っ込まれた。

「桜森くん、つきあってる人はいないのかい？」

「今は仕事が忙しくて…。穂住さんは？」

「離婚して以来、ステディな関係の子はいないかな」

「ご結婚なさっていたんですか⁉」

「四年で別れたけどね。驚いた？」

「はい。でも、いろいろなご経験をされているから、穂住さんがお撮りになる写真も、あなたご自身も魅力的なんだなと納得しました」

「きみはいつも率直だよね」

「すみません。なにか、お気に障ることを申し上げたでしょうか？」

「全然。むしろ、うれしいよ」

「よかった」

安堵の笑みを湛えた奏真に、穂住が飲み物のおかわりを勧めてきた。彼はマテ茶を、自分はモスコミュールを追加オーダーする。

料理を食べ進める傍ら、穂住が撮ってきた海外の珍しい植物の写真と動画を再び見せてもらった。

その中に見覚えがないものがあって、微かに眉をひそめる。

「これは初めて見る気がします」

「さすがは桜森くんだね」

「じゃあ…」

「うん。このシダ植物は新種かもしれないんだよ」

「すごいですね！　穂住さんが発見なさったんですか？」

「あいにく、ぼくじゃない。今回の撮影にも同行してくれてた現地の植物学者が第一発見者なんだ」

「そうだったんですね」

「新種発見の第一報は、日本でも流れてると思うけどな」

「見逃していて、申し訳ありません」

テレビもほとんど見ず、インターネットも調べ物をするとき以外はしない。

ネットにつないでも、そのときに自分が知りたいことにしか興味がないので、いろんな情報があっても無意識にシャットアウトしてしまう弊害だ。

少々きまりが悪くて、穂住の視線から逃れるように顔を横へ向けた。

目線の先にあるサンセベリアに、思わず声をかける。

「気をつけないといけないね。帰ったら早速、ネット検索しないと」

「どこを見て話してるんだい?」

「あ、っと……この子と話してました」

「この子って…。もしかして、サンセベリア?」

「ええ」

「本気で言ってる?」

「もちろんです。穂住さんも、植物に話しかけたりしませんか?」

「いいや。そういう気持ち悪いマネはしないね」

「……っ」

やわらかな口調で、さらりと辛辣（しんらつ）な発言をされて小さく息を呑んだ。

呆然と彼を見つめていると、テーブルの中央に身を乗り出して顔を寄せてくる。どこか悪戯っぽい表情と声音で言われる。

「ていうか、ぼくの気を引きたくて、そんなことをするのかな」

「はい？　あの…」

「まったく、きみにはいつも驚かされてばかりだよ」

「穂住さん？」

「でも、そこまで変につくり込まなくたって大丈夫。きみの気持ちは十二分に伝わってるからね」

「変……」

「ぼくもそれに応えるつもりだ」

「……？」

穂住がなにを言っているのか、さっぱりわからなかった。ただ、植物へ話しかけることに対する彼のリアクションだけは理解できた。

子供の頃にも、よくされていた対応だ。過去につきあった恋人からも、変人扱いされた記憶がよみがえる。

これが一般的だったと、口元にほろ苦い笑みをわずかに浮かべた。

家族は別として、普段そばにいる蓮見が当然のように受け止めてくれていたから、うっかり忘れていた。

特に、ここ数年はこの手の出来事とは縁遠かった。

いかに蓮見が奇特かつ寛容で、ほかの人とは違うのかを痛感する。ただ、同級生の女性が脳裏をよぎり、またもやもやがぶり返してきた。

彼が身近にいれば治るのに、思い出すと胸がざわつく。

今頃、彼女から連絡が来ているかもしれない。都内在住なら、仕事上がりで会いにいくのも可能だ。

そこまで考えたら、なぜかますます落ち着かない心地になった。

「…くん。………森くん……桜森くん？」

「あ!?　はい」

「ぼうっとしてどうしたの？」

間近に迫っていた穂住の顔にギョッとして背を反らしかけ、すんでで堪えた。

離れていかれてホッとした奏真に、彼が目を細めて言う。

「ぼくに見蕩れてたのかな」

「え、っと…」

「照れてるね。言動がいちいちツボだし、天性の誘惑魔だな」

「は？」

「まだ夜は長いから飲もうよ。食事もたくさんあるし」

「ええ」

悦に入った様子の穂住が解せなかったが、勧められるまま、さらにカクテルを頼んだ。胸に巣くうもやつきを追い払いたくて、グラスを重ねる。

残りの写真と動画も見せてもらうも、なかなか頭に入ってこない。

やがて腹が満たされた頃、ほろ酔いになってしまう。

それでも、蓮見と彼女が会っているかもしれないと思うと、気分は晴れなかった。

「お腹いっぱいだね。そろそろ帰ろうか」

「わかりました」

穂住に促されてうなずき、おもむろに席を立つ。そろってレジに行って割り勘で代金を払い、店の外に出た。

火照った頰にひんやりとした夜風が当たり、気持ちがいい。

ここで彼と別れて、タクシーで帰ろうと考えていたところに告げられる。

「家まで送っていくよ」

「とんでもない。タクシーを拾いますから」

「遠慮しなくていい。ほら、乗って」

「…はい」

助手席のドアをわざわざ開けて言われては、断るのも失礼で受け入れる。

乗り込んだあと、恭しくドアを閉められた。回り込んで運転席におさまった穂住もシートベルトを締め、車が動き出す。

自宅の住所を教えて、あらためて礼を述べる。

「貴重なお写真と動画を見せていただいて、本当にありがとうございました」

「どういたしまして」

「明日はお仕事なんですよね？」

「そう。週明けから南米に行くんで、その打ち合わせ」

「帰国して間もないのに、お忙しいですね。身体に気をつけてください」

「ありがとう。きみは明日は？」

「多忙な穂住さんに申し上げるのは気が引けますが、休みです」

「なんとも、好都合だな」

「え？」

「なんでもないよ」

ハンドルを指先でリズミカルにたたきながら、上機嫌に答えられた。

穂住の言葉は理解が難しいと承知なので、あえて深追いはしないでおく。鼻歌を歌い始めた彼に頬をゆるめた矢先、思考が再度、蓮見に戻った。

車窓の外の暗い景色を見るとはなしに眺めて、溜め息を押し殺す。

大好きな植物の写真や動画よりも、蓮見のことが気にかかった。

穂住といて、蓮見との違いをまざまざと実感したからなおさらだ。穂住がどうこうではなく、慣れ親しんできたせいか、居心地がいいのは蓮見のそばだという個人的な認識にすぎない。

留学していた四年間を除いて六年も一緒にいるけれど、こんなふうに感じたのは初めてで自分でも戸惑いが先に立った。

頼もしい仕事仲間であり、親友でもあり、家族のような存在の彼がなぜ、今になってこうも気になるのか。

同級生の女性の出現が、奏真の心を揺さぶる一因となったのはたしかだ。

旧友と会っただけなのに、なにゆえと思うが、蓮見がいつになくうれしそうだったせいだろう。

これまでにも、男女を問わず友人を紹介されたり、話を聞いたことはある。

ただし、全員が大学の同期や後輩、大学院関係者で占められていた。

蓮見が悪態をついたのも、考えてみれば彼女だけで、それくらい気安い仲と推察できる。

ほかの誰とも違う扱いを彼がするから、こだわってしまうのかもしれなかった。

「……ん？」

そのとき、なにげなく目についた車窓の流れに首をかしげる。

自宅近辺の見慣れた風景が暗がりの中にうっすらと見えてくるはずが、車通りが少なく、人気もない場所で当惑した。

道を間違えたのではと訊ねる直前、不意に車が路肩へ停まる。

やはりそうかと得心がいったところで、穂住がエンジンを止めた。ルームライトをつけて奏真のほうに視線を向けた彼に言う。

「穂住さん、道…」

「桜森くんは酔うと色っぽくなるんだね」

「カーナビに入力し……え？」

さえぎるように発せられた内容が意外すぎて、双眸を瞠った。

なんと応じればいいのか迷っていると、奏真を見つめてなおもつづけられる。

「想像以上だよ。美しさに妖艶さがプラスされて最高だ」

「あの？」

「人物は撮らない主義だけど、きみならいいかな」

「なにをおっしゃって…⁇」

「終わったあとの、しどけない姿なんか絵になると思うよ」

「はい？」

「ぼくと親密になりたいんだよね」

「ちょ、ちょっと⁉」

いつの間にかシートベルトを外していた穂住が覆いかぶさってきた。あれよあれよという間に、奏真のシートベルトも外された。助手席のシートが倒されてさらに驚いた隙に、のしかかってこられる。

即座には状況が呑み込めずにいたが、服を乱されたあげく、下半身に触れられて事態を把握した。

遅ればせながら、彼の肩や胸元を押して抗(あらが)う。

「穂住さん、なにをなさるんです？」

「親交をいっそう深めるには、身体をつなげないと」

「……っ」

「狭苦(せまくる)しいのさえ我慢すれば、カーセックスも楽しいよ」

「や、やめてください！」

「抵抗の仕方まで可愛くて参るね」

「気の迷いです‼」

楽しかったり、可愛かったりなんかしないと絶叫したい気分だった。

ルームライトがついているので、周囲が暗い分、車内が丸見えの状況だ。仮に、巡回中の警察官に見つかった日には、猥褻罪(わいせつざい)で現行犯逮捕されてしまいかねない。

それ以前に、押し倒している相手の性別をわかっているのかと問いたかった。

「僕は男ですよ？」

「もちろん、知ってる」

「でしたら…っ」

「ぼくはバイだから、なんの問題もない。きみもわかってて、ぼくにアプローチしてたくせに」

「バ……」

まさかのカミングアウトに愕然となった。

そんな大事なことは、食事中の会話でしてほしかった。結婚経験者がよもやのバイセクシュアルとは予想外でしかない。

そもそも、穂住のセクシュアリティなどわかりようがなかった。

それに、同性から自分がそういう対象に見られるなんて想定していなくて、混乱に拍車がかかる。

「誤解です。知りませんでした」

「またまた。あんなに露骨にぼくを誘っておいて」

「はあ？」

「好意もあらわなことばかり、いつも言ってくれたよね」

「僕がですか？」

「きみ以外に誰がいるの」

「身に覚えがありませ……あ！」

なんの話だと瞬時考えて、思い当たるふしがあることに気づく。

社交的すぎる、愛想を振りまくな、もっと人見知りになれ等々、実弦の忠告が的を射ていたと証明された。

奏真にとっては正直な胸のうちを言葉にしただけだが、相手がこちらの意図とは異なる解釈をする場合もあるのだ。

今さら省みても遅く、自業自得だけれど、穂住に違うと訴える。

「すみません。あれはその……っな！」

確かめるように臀部（でんぶ）を揉みしだかれて驚愕し、声が途切れた。服の上からにしろ、極めて衝撃的だった。

すくみ上がる奏真に、穂住が微笑まじりに囁く。

「植物と話すキャラの次は、初めての行為で戸惑うキャラ設定なのかい？」

「！」

「なんにせよ、つくり込みは不要だよ」

「そうではありません」

「まあ、きみがやりたいなら止めないけどね」

「………」

まったく聞く耳を持たれずに当惑した。

だいたい、なんとも思っていない穂住とどうこうなるなど考えられなかった。なにより、彼に触られるのは、申し訳ないが違和感と嫌悪感しか覚えない。

この間にも首筋に唇を這わされたり、身体を撫でられたりして鳥肌が立った。

「初対面のときから、きみはぼくに気がある素振りでいたよね」

「違…っ」

「そのあとも、常にきみのほうがモーションをかけてきてた」

「そこには、意見の相違があるかと」

「初々しいキャラは徹底的に恥じらうんだね」

「………」

すべてが嚙み合っていなくて、言葉を失った。

初顔合わせ以来、奏真が言い寄ってきた云々(うんぬん)については、自覚はなかった。一方で、今思えば心当たりがあるだけに悩ましい。

穂住が連絡してきていたのは、好意を寄せられていると勘違いを炸裂(さくれつ)させていたせいだったのだ。

そんなつもりではなかったといくら伝えても、取り合われずに困る。

思い込みが激しい人を説得するのが困難なのを思い知った。

「穂住さん、本当にやめっ……！」

「これ、邪魔だな」

そう呟いた彼に眼鏡を外されてしまい、さらに焦る。

極度の近視ではないが、あたりがぼんやりとかすんで見えづらくなった。

「へえ。素顔だと美人度が増すんだ」

「眼鏡を返してください」

「だめだよ。キスしにくいからね」

「……っ」

生々しい返事に絶句した直後、顔を寄せてこられた。

身体をまさぐられているだけでも嫌なのに、キスなんて絶対に無理だ。慌てて背けて避けるも、頬に唇が当たる。

なおも求められたが、片手で口元を覆ってブロックしつづけた。

「まだ焦らすの？」

「そういうわけでは、ありません」

「楽しませてくれるね」

「ですから、僕の話を…っ」

「今度はどんなキャラなのかな」

誤解をとこうとしても聞き入れられず、切羽詰まりながらも抵抗はやめない。

必死に抗っていると、ふらりと眩暈を覚えた。慣れないアルコールを飲んだあとに動いたせいで、酔いがさらに回ったとみえる。

奏真の動作が鈍くなったのを見逃さず、撫で回す手が大胆さを帯びた。

眉をひそめて微弱に手向かいつつ、同じことをされるのならばと脳裏に浮かんだのは、蓮見だった。

「？」

その思考を最初は訝ったが、ほどなくハッとなる。

蓮見に抱いていた気持ちがなんなのか、今さらだがようやく理解した。

近くにいすぎて、そばにいるのが当然で、あらためて考えたことはなかったけれど、彼はかけがえのない存在なのだ。

おそらく、無意識レベルで友人以上の好意を昔から持っていた。

全面的に気を許し、無自覚なまま甘えてきた上、どんな接触をされたところで平気だったのもそのせいだ。

同性に恋愛感情を持つのは初めてなので、戸惑いは当然あった。

これが本当に恋心なのか疑い、過去の感覚と照らし合わせてみるも間違いない。むしろ、今までの誰よりも恋しいくらいだ。

自分から好きになった分、余計に想いが強いらしい。

ただ、彼は異性愛者だろうから、告白できるかどうかは難しかった。ここで、ハタと思い至る。

同級生の女性が気になった件は、嫉妬していたとすれば説明がつく。

彼女が蓮見の恋人になりえる性の持ち主だけに、知らず警戒感が働いた結果、あの胸のもやもやにつながったのだろう。

誰かに妬(や)いたのも初めてゆえに、気がつくのが遅れた。

つきあっている相手は現在はいないと彼は言っていたが、彼女を含めて好きな人はいるかもしれない。

考えると複雑な心境になるものの、いったん自覚した恋情は消せなかった。

たとえ、蓮見に想う人がいても、もとの心情には戻れない。それに――。

「そばにさえいられたら、充分…」

「健気(けなげ)なんだね」

「!?」

蓮見への想いが口をついて出てしまった直後、穂住が笑顔で返した。

人違いだと訂正するよりも早く、欲情を滲ませた声で囁かれる。

「いい加減に、抱かせてくれるかな?」

「お、お断りさせていただきます」

「そっち系のやりとりは、もういいから」

「ちょ…っ」

そう告げた彼に、下肢の衣服へ手をかけられた。ベルトをゆるめられ、前をくつろげられて懸命に身じろぐ。

下着越しに股間へ触れてくる手を握り、かぶりを振った。

「本気で嫌です。やめてください!」

「この期に及んでも、迫真の演技をするね」

「本当なんですってば」

「ぼくに全部任せて、きみはなにも考えなくていい」

「お願いですから、信じていただけませんか」

「きみがぼくを好きなことは信じてるよ」

「そこがすでに間違ってるんで……っく、うぅん」

摑んでいなかったほうの穂住の手に、無念にも下着の上からやわやわと触られて、低い呻きを漏らす。

どうにか身をよじって躱そうとしたが、ままならなかった。

盛大に勘違い中の彼が力ずくで、奏真の身体をシートに押しつけてくる。

「どんな顔で喘ぐのか、すごく楽しみだな」

「…穂住さん、やめ……っ」

「これ以上はないっていうくらい、悦くしてあげる」

「っ……」

身動きを封じられ、まさしく貞操の危機に陥ってうろたえた。

内心で蓮見の名前を何度も呟いて抗うも、体格の差もあって逃げ切れない。ついに力負けしたそのとき、助手席側のウインドウとフロントガラスが激しくたたかれた。

穂住がぎくりとし、伏せていた上体を起こしていく。

まさか警察がと、奏真もおそるおそる視線をやった。その先に、思いがけない人がいて大きく息を呑む。

「……っ」

「見覚えがある気がするけど、誰だったかな？」

「！」

怪訝そうな表情で窓の外を眺めている穂住に、不意に今だとひらめく。

自由を得た隙をつき、手を伸ばしてドアロックを素早く解除した。

酔いでだるい身体を奮い立たせ、シートの上を左側へ転がる反動で体重をドアにかけて押し開いた。

同時に外側からも勢いよくドアを開けられたため、転がり落ちかける。

「うわっ」

「おっと。大丈夫ですか？」

倒れ込みそうに車外へ出た奏真を抱き止めてくれたのは蓮見だった。力強い腕に支えられて、ゆっくりと体勢を整えていく。

なぜここにと驚きながらも、たとえようのない安堵感が込み上げてきた。

彼の顔を見て、声を聞いて、体温を間近に感じて心の底から安心する。頼り甲斐のある胸元に頬を埋めてうなずいた。

「…うん。ありがとう」

「ふらついてますね。俺に摑まってください」

「ごめん。ちょっと、酔ってて」

「吐き気は？　気分は悪くありませんか？」

「平気だよ」

「せめて、水を持ってくればよかった。気が回らずにすみません」

「ううん。あとでいいから」

いつもと変わらない配慮に、酔いばかりではないふわふわ感を覚えた。

腰に腕を回して寄り添ってくれる蓮見へ、甘えるように身を委ねて目を閉じる。その直後、車のドアが閉まる音が聞こえ、名前を呼ばれる。

「桜森くん、どういうことかな」

「あ」

穂住の声に肩を震わせて目蓋を上げた。運転席から降りてきた彼がどことなく不満げな面持ちで目の前に立っている。

奏真と蓮見を交互に見遣り、説明を求めるとばかりに腕を組んだ。

蓮見の胸から顔を離し、身体を反転させて穂住と向き合う。それでも、すぐ背後に蓮見がいて、片腕で腰を抱いてくれている格好だ。

奏真の顎の下を通って肩に回されたもう片方の腕に、両手をかける。

まるで蓮見に守られている心地になるも、穂住は不愉快そうに眉をひそめた。

「たしか、彼はきみの店にいたスタッフだね」

「はい。同僚です」

「ずいぶんと親しげな同僚くんとぼくに、二股をかけてたのかい？」

「とんでもない！」

「じゃあ、この状況はいったいなに？」

「それは…」

予想外に蓮見が現れた理由は、奏真にも謎だった。

そちらの事情はさておき、事実誤認状態の自分の感情について話す。

「さきほどから何度も申し上げているとおり、すべて誤解なんです」

「誤解?」

「ええ。僕が穂住さんをあの……誘惑したですとか、言い寄っていたとかも…」

「あんなにストレートな言動を取っておいて?」

「その点については、幾重にもお詫びします。僕の認識が甘かったんです」

あらためて、穂住を勘違いさせてしまったことを謝罪した。

元来、自分は誰とでも分け隔てなく接するタイプで、穂住に限らず人当たりがいい。後先を考えずに思ったことを言葉にしてしまい、あまりにも愛想を振りまくのも懸念され、注意されるほどだとつけ加えた。

真相を知った穂住が、苦々しい顔つきで口を開く。

「つまり、きみには欠片もその気はなかったと」

「ええ」

「全部、ぼくの早とちりだったわけだ」

「そうなんですけれど、悪いのは僕で、穂住さんはとてもご立派な素晴らしい方です」

「……桜森くん、ちっとも懲りてないね」

「はい？」

思い切り呆れた表情と口調で、穂住にぼやかれた。

客観的な事実を述べたにすぎないのだがと、小首をかしげる。

まだなにか補足しなければならなかったか訊ねる間際、背後にいる蓮見が嘆息まじりに告げる。

「彼の言うとおりですよ」

「蓮見くん？」

意図せず穂住に同意した蓮見に、双眼を見開いた。

よもや、蓮見まで同調するとは意外すぎる。そんな奏真を挟んで、穂住がなぜか意味深に口元をほころばせて蓮見へ声をかける。

「どうやら、気苦労が絶えない立場みたいだね」

「負け惜しみですか」

「八つ当たりくらいさせてほしいな。というか、このピュアさは、もはや無色透明や淡色を通り越して、逆に原色(げんしょく)レベルの域に達してて惑(まど)わされたよ」

「なんにせよ、美しいことに変わりありません」

「まあね。おかげで、同類かどうかの識別がいまいちつかなかったんだけど、きみにはわかってるらしい」

「あなたや俺とは違う人です」

「今まで、こっちと無縁で来たのが不思議なくらいだよ」

「身近に害虫駆除担当者がいますから」

「きみ以外にもかい？」

「ええ」

「なるほどね。どうりで」

二人がなにを話しているのか、内容はさっぱり理解不能だった。

蓮見と実弦の会話になんとなく似ていて、双方に刺々（とげとげ）しさはいっさいない。むしろ、穏やかな雰囲気が漂っていた。

首だけひねって蓮見を見上げ、訊いてみる。

「なんの話？」

「誤解を招かない会話についてです」

「意味が把握できなくて、たしかに誤解する余地はなかったかな」

「かいつまんで言うと」

「うん」

真顔の蓮見に、まさかさくっとごまかされたとは思いもよらない。

穂住が噴き出したような音が聞こえたが、気にせず蓮見の話に耳を傾けた。

「奏真さんは誰かと話す際、必要以上に相手を立てすぎなんですよ」

「え？」

「最初は社交辞令と受け取っても、たび重なればそうもいかなくなります」

「？　……ああ！」

指摘を受けて、穂住に対するさきほどの自分の返事を思い返して気づいた。

性懲(しょうこ)りのない発言に、今後は慎重に話さなければいけないと気を引き締めるも、かなり難関で先が思いやられる。

それでも、今回みたいなことが再発するのは避けたいので努めるように心に誓う。

とりあえず、文字どおりで他意はないと穂住を見つめて告げた。

「穂住さんを恋愛対象として好きなわけではありません」

「なんとも、はっきり言ったね」

「はい。すみませ…」

「謝らなくてもいいよ。でも、友人としては好きでいてくれるんだろう？」

「もちろんです」

「じゃあ、今後ともよろしく」

「え⁉」

これを機に縁を切られると思っていたのに、友達づきあいを続行したいと申し出られて驚いた。

恋愛感情さえ介在しなければ、奏真に異存はない。

植物好きという共通点に加えて、その方面に造詣が深い人とそうそう知り合えないので、親交がつづくのはうれしかった。

笑顔を湛えている穂住に微笑み、会釈しながら答える。

「こちらこそ、よろしくお願いします」

「…そう返しますか」

「蓮見くん？」

珍しく苦り切った低音で呟いた蓮見を振り返る間際、穂住が近づいてきた。

すぐ目の前で立ち止まり、上着のポケットに右手を入れる。おもむろに差し出された手を見ると、奏真の眼鏡だった。

「忘れ物だよ」

「ありがとうございます。すっかり忘れてました」

「外したのはぼくだから、責任を持ってかけようか？」

「いえ。自分でやりますのでけっこうです。どうもすみません」

「気にしなくていいよ。……悪いね」

最後の一言は茶目っ気たっぷりに蓮見へ向けられたもので、それに対して蓮見は小さく肩をすくめた。

奏真をよそに、またも通じ合っている様子が意外だ。

どういうことか問うよりも早く穂住が『ちょっと待ってて』と言った。

車に戻り、奏真のトートバッグを持ってきてくれる。

「これもね」

「重ねて、申し訳ありません」

「いいから。それじゃあ、ぼくは帰るよ」

「あ、はい」

「近いうちに連絡するね、桜森くん」

「わかりました。お気をつけて南米へお出かけください」

「ありがとう」

軽く上げた片手を振って踵を返し、運転席に乗り込んだ。走り去っていく車を見送ったあと、蓮見の腕がほどかれる。

あらためて彼のほうへ向き直り、口を開こうとしたときだった。

「だから、行くなって言ったんだ」

「！」

聞き慣れた声がしてそちらを見遣ると、蓮見の車に寄りかかった制服姿のままの実弦が仏頂面で立っていた。

眼鏡をかけていなかったので、気づかなかった。

そもそも、蓮見でさえ想定外なのに、実弦までいるとは想像できるはずもない。蓮見いわく、穂住と対峙するのが嫌で実弦はここにいたそうだ。

蓮見に腰を抱かれて歩き、車のそばに着いてから驚きを口にする。

「びっくりした。実弦も来てたんだ？」

「ハスミンだけがよかったみたいな口ぶりだな」

「そ、そんなことはないけど」

図星を指されて焦ったが、認めるわけにはいかなかった。蓮見への想いを迂闊に出すのは自殺行為とさすがにわかる分、控えるのが肝心だ。

腰に回された彼の腕や密着姿勢を急に意識して、頬が熱くなる。

表情はどうにか読めても、顔色が判別できるような明るい照明がなくて密かに胸を撫で下ろす。

もし赤面がバレても、今なら酔っていると言い訳もできた。

実際はすでに醒めつつあったけれど、万が一訊かれたら、そう答える。

「でも、二人ともどうしてここに？」

さらなる実弦の突っ込みが来ないうちにと、疑問を投げかけた。

実弦ではなく、間近にいる蓮見が応じる。

「あまり堂々とは言えませんが、あとをつけてきました」

「そうなの？」

「ええ」

「もしかしなくても、僕が店を出てからずっと？」

「そのとおりです」

苦笑まじりにうなずかれて、気がつかなかったと呟いた。

自分が出かけたのとほぼ同時に、退店後に店の向かい側で待機していた蓮見の車に同乗する形で実弦も追跡に加わったらしい。

着替える暇がなかった実弦は、かろうじて戸締まりだけすませ、財布ひとつ持って出てきたとか。

「乗せなかったら、実弦くんは助手席の窓をたたき割るか、ボンネットにしがみついてでもついてきかねない勢いだったので」

「ものすごく嫌そうな顔をしてたやつに言われたくない」

「見間違いだろう」

「いいや。おれは覚えてる」

「気が立ってたんだな」

「実弦。優しい蓮見くんに限って、そんなことはないよ」

「……奏兄」

溜め息をついた実弦が恨めしげな視線を蓮見に向けた。それを泰然と受け止めた蓮見がさらにつづける。

穂住と奏真が乗った車に別の車両を一台挟んだ後ろから、ついてきていたらしかった。

「食事中はどうしてたの？」

「俺はいつでも出られるように、車中で待ってました。実弦くんは店内に」

「奏兄の斜め後ろの席にいた」

「食べながら？」

「あいつの存在にむかついて、食った気はしなかったけどな」

「そっか。…って、じゃあ、きみはなにも食べてないんだ。お腹が空いてるよね？」

隣にいる蓮見を見上げて訊くと、端整な口元が微かにほころんだ。

自らの空腹より、奏真が無事でよかったと告げられて胸が高鳴る。

一連の言動は面倒見のいい彼ならではのものとわかっていたが、動悸(どうき)がした。穂住と食事に行くと言ったときは無反応に近かったので、実は気にかけてくれていたと知って、うれしかった。

「お気遣い、ありがとうございます」

「ううん。僕のほうこそ……だけど、ついてこようと思った理由はなに？」

「心配だったので」

「まさか、こうなるって予想してた？」

「まあ、そうですね」

「なんで？」

「はい？」

「穂住さんのセクシュアリティは知らなかったはずなのに」

「……なんとなくです」

「ふうん。勘が鋭いんだね。さすがは蓮見くん」

「どうも…」

　どこか、ばつが悪そうな表情の蓮見に首をかしげる。視界の端に入った実弦は不機嫌さが一転、笑いを堪えるような顔になっていた。

　こちらも不思議に思っていると、満足げな面持ちで実弦が言う。

「奏兄、そろそろ帰ろう」

「そうだね」

「悪いけど、一度、店に戻ってもらいたい」

「実弦は着替えないといけないしね。車も置いてるし」

「ああ。店の戸締まりも確認が必要だ」

うなずいた実弦が後部座席のドアを開いた。大抵は助手席に乗りたがるのにと訝り、乗る前に一応確かめる。

「後ろでいいの？」

「奏兄はどっちに座りたい？」

「前かな」

「だったら、問題ないだろ。って、その前に奏兄」

「ん？」

唐突に、いつもより力のこもったハグをされて苦笑が漏れる。

消毒と言い置いて後部座席に乗り込んだ実弦につづき、蓮見がドアを開けてくれた助手席に奏真も乗った。

蓮見も運転席におさまり、シートベルトを締めてから車を発進させる。

そういえば、間一髪で救ってもらった礼をまだ述べていなかったことを思い出した。

ハンドルを握る蓮見の横顔を見つめながら、名前を呼ぶ。

「蓮見くん」

「なんですか？」

「助けてくれて、本当にありがとう」

「いえ。俺のほうこそ、黙って後をつけたりしてすみませんでした」

ストーカーみたいで気持ち悪いですよねとの自嘲めいた言葉を、即行で否定した。

おかげで事なきを得たのだ。感謝しこそすれ、そんなふうには少しも思っていないと言い添えた。

「僕の恩人でしかないよ」

「そう言っていただけると、気分的に楽です」

「それ以外のなにものでもないから」

「ええ」

「やっぱり、きみのそばが一番居心地がいいのも実感できたし」

「…そうですか」

凜々しい眉を片方上げて一瞬、こちらに視線を向けた蓮見にうなずく。恋心は押し殺して微笑みかけた。

すぐに逸らされてしまったが、運転中なのだから仕方ない。

残念な思いは面には出さず、実弦にも忠告を聞かなかったことを謝った。

なぜか機嫌がいい実弦はすぐに許してくれ、十五分ほどで店に着いた。助手席のウインドウを開けて、車から降りた実弦と話す。

「お疲れさま、実弦。今日はごめん」

「もう、いいって。奏兄こそ、ゆっくり休めよ」

「うん。じゃあね。おやすみ。また明後日(あさって)」

「おう。明日にでも電話する」

「わかった」

背を向けた実弦が店の中に消えてから、ウインドウを閉めた。

シートにもたれたところで、声をかけられる。

「家まで送ります」

「ううん。まだ、ちょっと…」

「奏真さん？」

やんわり断ると、怪訝そうな声色で店に寄るのかと問われた。違うと呟き、蓮見のほうを向いた拍子に目が合う。

薄暗い中、車内に届く淡い街灯の明かりが頼りだ。

離れがたい想いを胸に、意を決して切り出す。

「蓮見くんの部屋に行きたいんだけど」

「…今からですか？」

「だめかな？」

「もう遅いので、ご家族が心配なさいますよ」

「電話すれば大丈夫だから。……いい？」

「わかりました」

微笑して受け入れられて内心で安堵し、彼の運転に身を委ねる。

途中、コンビニエンスストアに立ち寄り、食べ物を買った。他愛ない会話を交わすうちにマンションに着き、地下の駐車場で車を降りる。

酔いはすっかり醒めて、眩暈も足元のふらつきもなくなっていた。

エレベーターに乗り換えて目的階に向かう。ほどなく部屋に到着して玄関に入り、スリッパを用意された。

「どうぞ。上がってください」

「お邪魔します」

先を行く蓮見の背中についていき、リビングルームに足を踏み入れる。

脱いだウィンドブレーカーをソファの背にかけた彼が、なぜか廊下に引き返した。

別に、この部屋自体から蓮見が出ていくわけでもないのに心細さを覚えて訊く。

「蓮見くん、どこに？」

「洗面所で手を洗ってきます。奏真さんも洗いますか？」

「…そうする」

「じゃあ、こちらに」

脱いだコートとトートバッグをソファに置いて、彼に倣った。

そろってハンドソープで手を洗い、再びリビングに戻る。つづきのキッチンに立った長身が、所在なげに佇む奏真に言う。

「お茶を煎れますので、座ってお待ちいただけますか」

「ありがとう。手伝おうか？」

「気持ちだけもらいます。奏真さんは、ご家族に連絡なさっては？」

「そうだった」

ソファに腰を下ろし、バッグからスマートフォンを取り出して自宅に電話する。

固定電話に出た祖母に蓮見の家にいると伝えると、泊まると勝手に解釈したらしかった。寝惚けて蓮見に迷惑をかけないようにと言って、違うと訂正する暇もなく一方的に通話を切られる。

画面を眺めて呆然とするも、家の鍵はあるので帰れると思い直した。

「まあ、いっか」

「どうかしたんですか？」

「え？　あ、ううん。連絡したよ」

そこへ、ハーブティーが入ったティーカップが持ってこられた。いい香りに頬をゆるめ、スマートフォンをバッグにしまう。

奏真にサーブし終えて、いつもどおり彼も隣に腰かけた。

「ラベンダーとペパーミントのハーブティーです」

「美味しいよね」

「昼間、胸がどうとか言ってましたので、気分が落ち着くものがいいかと」

「う……うん…」

「無事にすんだとはいえ、騒ぎもありましたし」

「…あったね」

「元気そうに振る舞ってますが、なにか悩みがあるんでしょう?」

「え?」

「そうでなければ…」

こんな時間にうちへ来ないはずで、いくらでも相談にのるとつけ加えた蓮見が、奏真の背中をいたわりを込めた手つきで撫でた。

髪にも鼻先を埋められて、狼狽に身を固くする。

今までと同じボディタッチをされているだけなのに、彼への想いを強烈に意識した。その傍ら、やはり違うと思う。

穂住との接触は微妙だったのに、蓮見ならなんともなかった。

もっと触れ合いたいというのが本心だが、言うのはためらわれる。恋情を告げて敬遠されるのは論外だし、彼を困らせるのも本意ではない。けれど、と気持ちが揺れて、無意識に自らの胸元を片手で摑んでいた。

「やっぱり、胃の調子が悪いんですか？」

「あ……」

「目が潤んでますね。痛みます？」

「……っ」

顔を覗き込んできた蓮見と視線が絡んだ瞬間、赤面するのがわかった。

軽く双眸を瞠られて動揺し、自制や迷いが吹き飛ぶ。感情もあらわに表情に出して、間近で彼を見つめた。

「もう、だめ。黙ってるのなんか無理」

「奏真さん？」

「聞いてくれる、蓮見くん！」

「悩み事の相談ですよね」

「違う。愛の告白をさせて」

「は？　ちょ…っ」

想いを込めて蓮見の首に両腕でしがみついたが、勢いがつきすぎて彼の上半身ごと背後に倒れ込む。

　ソファの背に深くもたれた蓮見を見下ろすことになった。

　密着したまま、吐息が触れそうな距離で囁くように告げる。

「きみが好きだよ」

「…自分がなにを言ってるか、わかってますか?」

「うん。僕の片想いで、迷惑なのも承知だけど、伝えたくて」

　同性からこんなことを言われるのが嫌だとも了解しているとつづけた。

　突然の告白に至った経緯や、自分の心理も口にする。血迷ってではなく、様々な状況を経て遅まきながら蓮見への恋心を認めたと訴えた。

「好きになって、ごめんね」

「まさか先を越されるとは……。どこまでも、意表を突く人だな」

「⁉」

　背もたれに後頭部をあずけて天を仰いだ彼の呟きに、眉をひそめた。

　意味を把握するまでに、かなりの時間を費やす。

　思わぬ展開に驚く奏真に視線を戻した蓮見が、両腕で抱きすくめてきた。顔も寄せてこられて戸惑いつつも目線を合わせると、真摯な声音で告げられる。

「俺も、奏真さんが好きです。初めて会った頃に惹かれてからずっと」

「え？」

「だから、片想いでも迷惑でも嫌でもありませんよ」

「待って。そんなに前から、僕のこと…？」

「はい」

「なんで、もっと早く言ってくれなかったの？」

「異性愛者のあなたに、俺がゲイだと知られたら引かれそうで」

「…蓮見くん、ゲイだったんだ」

想像もしていなかった事実に、いささか呆然と呟いた。

いかにも、思慮深い彼らしい行動といえる。奏真も同じような理由で告白をためらったばかりなので、痛いほど気持ちもわかった。

センシティブなセクシュアリティの問題だけに、慎重になるのもうなずける。

ただ、いざ両想いとなると、なんともじれったかった。ずいぶん、遠回りをした気がするせいだ。その反面、例の彼女とは同級生以上の関係はないと確信が持てた。

胸を撫で下ろしながら小さく溜め息をついて、ほろ苦く笑う。

「絶対、引かなかったのに」

「こればかりは、どうでしょうね」

「だって、実弦がそうなんだから引くわけないし」

「……彼のセクシュアリティをご存知だった？」

「知ってるよ」

「ちなみに、いつから？」

「八年くらい前になるかな。大学の頃からつきあってる恋人がいて、その人と同棲したいからって家を出てるんだけど」

「実弦くんは恋人がいるんですか？」

「うん」

「…それこそ、早く教えてくださいよ。あなたに対する彼の執着ぶりに、兄弟とは承知でいても、どれだけやきもきさせられたか」

「訊かれなかったから…」

実弦が高校を卒業する段階で、すでにカミングアウトされていた。

最初こそ驚いたが、取り立てて偏見もなく受け入れてひさしい。弟とはいえ、個人のセクシュアリティとあり、安易に人には話さないスタンスだ。

筋金入りのブラコンに気を取られすぎたと嘆息したあと、蓮見が不意に微笑む。

「まあ、彼もあなたの真意には気づいていないみたいなので、よしとします」

「きみへの愛情は今後、隠せない自信があるけど」

「俺のものになってくれたあとなら、かまいませんよ」

「それって、どういう……っんん！」

なんの前置きもなく、彼の唇で唇を塞がれて瞠目（どうもく）した。

すぐにほどかれたけれど、くちづけられたとわかって頬が熱くなる。動揺に目を伏せる寸前、視界が若干かすんだ。

外された眼鏡が目の前のローテーブルに置かれるのを目で追ったあと、身体が持ち上げられる。

絶句する間に、蓮見の腰を跨（また）ぐような体勢で膝上に座らされていた。

大きな手で奏真の両頬を包み込んだ彼が口元をほころばせる。

「この瞬間を待ち望んでいました」

「蓮見く……んぅぅ、ん」

今度は、触れるだけのキスではなかった。

歯列を割って入ってきた舌に、口蓋をはじめ、口内をくまなく舐めつつかれる。その後、奥で縮こまっていた舌も搦（から）め捕（と）られた。

強い眼差しで見つめられていたたまれず、目を閉じる。

舌の根が痺れるまで吸い上げられたり、どちらのものか判別がつかないほど混ざり合った唾液を飲まされたりもした。

それでも飲み込み切れなかった唾液が口の端からこぼれる。

予想していたが、違和感や嫌悪感はまったくなかった。むしろ、口の中に性感帯があると実感させられたあげく、キスで生じた快感も覚えた。

角度を変えて何度も、口角をぴったりと合わせた濃厚なキスに翻弄(ほんろう)される。ダイレクトに快楽が伝わった股間の反応にも当惑した。

この体勢ではごまかせないとわかっていても、腰を蠢(うごめ)かせてしまう。

「感じてくれてるみたいですね」

「あ……」

キスの合間に、案の定、指摘されて視線を揺らす。

なんともうれしそうな表情を蓮見が湛えたあと、くちづけがさらに深くなった。呼吸さえも、ままならない。

「っふ、んん……んぁ」

「奏真さんも、したいようにしてください」

「無、理……こんな、の…っ」

そう囁かれたが、乱れた吐息で答えるのがせいいっぱいだ。

自分の経験値をはるかに超えた行為に、胸を喘がせる。技巧差と体格差でいけば、確実に奏真のほうが受け身になる。

そちらの体験は初めてで戸惑ったが、蓮見が相手なら任せられた。とはいえ、別の部分甘噛みされていた上下の唇が腫れぼったくなった頃、ようやく唇がほどかれた。

額や目尻、鼻先、頬に唇を押し当ててこられて目蓋を開き、本音を漏らす。

「上手すぎて、複雑な心境なんだけど」

「褒め言葉と受け取っていいんでしょうか?」

「きみの過去に妬いてるの」

「お互い様です。というか、あまり俺を煽らないほうが身のためですよ」

「煽るって?」

「あなたは無自覚に可愛い言動を取りがちなので」

蓮見の理性を崩壊させかねないと苦笑された。常に冷静な彼は、これまで本能のままに振る舞ったことがないと聞いて淡く笑む。

奏真の頬を包む手に自らの手を重ね、額同士をつけて言う。

「野性に返ったきみが見たいな」

「…奏真さん」

「心の余裕なんかなくなるくらい僕に夢中になって、きみの好きにしてほしい」

「……自分の発言を後悔しますよ」

「遠慮も手加減もなしに、全力で僕を……って、蓮見くん⁉」

奏真を抱えた状態で、いきなりソファから立ち上がられて愕然とした。その膂力に度肝を抜かれるも、乱れのない足取りで歩き出される。

「ねえ、重いよね？」

「それほどでもありません」

「そっか。あの、どこに行くの？」

「バスルームです。一緒にシャワーを浴びましょう」

「わかった。でも、自分で歩いていけるから下ろしてもらえるかな」

「もう着きました」

「あ、うん……んぅん…ふ」

脱衣所の床に足をついて安堵したのも束の間、傾けられた端整な顔が降ってきて吐息を奪われた。

唇を重ね合いつつも、奏真の服を器用に脱がせていく。

蓮見も脱がせたかったが、唇だけでなく、耳朶や首筋も舐め囓られてかなわない。気がつけば、彼もろとも全裸になっていた。

抱きかかえられるようにして浴室に入り、温かなシャワーの中に立つ。

明かりの下で裸身を見られている状況に気が回って、羞恥のあまり、咄嗟に眼前の蓮見に抱きつく。

そうすると、なめらかな素肌を直に感じてうろたえた。

細身ながらも上質な筋肉を持つ引き締まった体型なのは知っていたけれど、さすがに裸は見たことがなくて目のやり場に困った。

細いだけの自分とは比較にならない、見事な体軀だ。

「蓮見くん、あんまり見ないでくれる」

「とてもきれいなのに？」

「そんなことな……っあ、んく…!?」

不意に、性器に触れてこられて狼狽した。思わず身を離そうとするも、優しく握り込まれて扱かれて呻く。

足元がおぼつかない奏真の腰に、長い腕が片方巻きついてきた。

「んぅ……は、う……んんっ」

「声は殺さないほうが楽ですよ」

「でもっ……変な、声が……出そう、だ…し」

「俺しか聞いてませんから」

「そ、れが…恥ずかし……ぁ」

「恥じらわれると、ますますいじめたくなります」

「え？　……んっう」

不穏な発言に目を瞠ったが、性器を弄っていた蓮見の手が陰嚢にまで伸びてきて焦った。そこを揉みしだかれた上、性器の先端に爪先を食い込ませるようにされて、足から崩れ落ちかける。

当然とばかりに、逞しい腕に支えられた。両手をついた蓮見の胸に熱い吐息を吐き、ゆるゆるとかぶりを振る。

与えられる悦楽に身じろぎ、抑え切れなくなった嬌声を漏らす。

「あっ…ん、ああ……んぁん」

「悦さそうな顔ですね。色っぽい声も素敵だ」

「ん、ぁん……蓮見く…っ」

「こういうときは、紘哉でお願いします」

「っは、あ…ぅ……紘、哉く…ん？」

「『くん』はいりません」

「…紘哉？　……ふっ…ん、あああ！」

ただでさえあとがなかったのに、さらに追い打ちをかけられてのぼりつめた。

胸を反らせて絶頂を極め、広い胸元へぐったりと寄りかかる。肩を上下させながら、彼の手を汚してしまったことを謝る。

「ごめん」

「気にしないでください。洗えばいいだけの話です」

「次は、僕がきみを気持ちよくする番だね」

「それは追々、ベッドででも」

「野獣になる約束だよ？」

「あなたもなってくれるんですか？」

「きみ次第かな」

「責任重大ですが、楽しみが増えました」

結局、蓮見を法悦に導く行為は見送られ、ボディソープを手に取った彼に身体を洗われた。奏真も同じようにして洗い合い、泡を流してから浴室を出る。

バスタオルで肌を拭かれて、そのまま包み込まれて裸体が隠れ、少しホッとした。バスタオルを腰に巻いた蓮見に横抱きにされる。

バスルームを出て、連れてこられたのは寝室だった。

初めて立ち入った室内は黒が基調の内装で、インテリアも概ね同色でそろえられている。ネイビーのリネンがシックなキングサイズのベッドに歩み寄った彼が、奏真ごとシーツの上に倒れ込んだ。

仰向けの奏真にのしかかっていても、全体重はかけてこない。

腕を伸べて蓮見の首に絡め、顔を上げて自分からキスした。そっと啄んで離れる。

「きみの、触ってもいい？」

「あとでお願いします」

「でも……っあ、んあ…ぅ」

足の間に入れられていた手が再度、奏真の性器に触れてきた。

耳朶に囓りつかれ、耳孔を舌が出入りして眉をひそめる。くすぐったいと首をすくめると、首筋から鎖骨にかけて唇が這い、ときおり、肌を吸って痕を刻まれた。

彼の顔がさらに下がっていき、左側の乳嘴を舌先で転がしたり、軽く噛んだり、舐めたりする。

胸を弄ったところでむだではと思っていたが、徐々に妙な感覚が生まれてくる。

右も指先でつままれて引っかかれ、押しつぶすようにもされて、抜かりなく愛撫に晒された。

両方の乳嘴が赤く色づいて尖ってひりつき、蓮見の髪に指を絡ませる。

「ゃ、んく……も…やめっ」

「感じやすいですね」

胸から口を離して伸び上がってきた彼が、キスしながら言った。性器はまだやわやわと揉み込まれていて、中途半端に煽られている。

もっと決定的な刺激を促す前に一応、確認する。

「こういう、僕は……嫌？」

「俺にだけ淫らな分には大歓迎です。いろんなあなたを見せてください」

「え？　ちょ……蓮見く…っ⁉」

おもむろに身体をずらした蓮見が奏真の股間に顔を埋めた。まるで催促を見越したようだが、そこまでの行為は望んでいなくて慌てる。

一度もされたことがなくて、動揺も激しかった。

必死に逃れようと身をよじるも、太腿を抱え込んで固定されていて徒労に終わる。

粘膜へ含まれた感触に加え、歯と舌を駆使して愛撫される。それは陰嚢にも及び、快感に身を震わせた。

そこから引き剝がそうと彼の髪を引っ張るはずが、かき乱すだけにとどまる。

「あ、あ…んぅあ……んっ、んっ……蓮、見く…ゃ」

「違いますよ。紘哉です」

「ふあっ…んんん……やめ、て……こんなっ」

「してもらったことはあるでしょう？」

「……っ」

口淫された経験などあるはずもなく、ゆるやかにかぶりを振った。

意外といった顔つきで片眉を上げた蓮見が、ならば、いっそうじっくり腰を据えてやる必要があると笑う。

「思い出に残る初フェラにしないと」

「だ、め……話す…の」

「ものすごく感じるからですか？」

「んあぁ、ふ……う、ん……うんっ」

そのとおりだったので、素直にうなずいた。

銜えられた状態で話すときに生じる振動が快楽に直結するらしい。

すでに勃ち上がった状況ゆえになおさらだ。あふれ出す先走りの蜜を蓮見に舐め取られているだけでも大概なのに、いつ達してもおかしくない現状が落ち着かない。

放出しそうな自分を叱咤するが、快感への耐性はそれほどなかった。まして、さきほど果てたそこは敏感にもなっていた。

下半身が今にも蕩けてしまいそうなほど、超絶技巧の舌使いに取り乱す。

「も、口を……離し…て」

「いきそうになってます？」

「っは、んん……早…くぅ」

「かまわないので、いってください」

「な⁉」

とんでもない誘いに驚愕するも、熱が凝縮した下腹部が波打った。

絶対に彼の口内を汚せないと踏ん張っただけ、いちだんと追いつめられる。

「ゃ……ん……あ、あ、あっ……あああ！」

先端部分を吸われて甘嚙みされた直後、堪え切れずに精を放った。

我慢を重ねた末の吐精とあり、すさまじい解放感に浸る。そこに、のどが鳴る音が聞こえて即座に我に返り、頬を歪めた。

上体を起こした蓮見が、抱えたままの奏真の内腿にキスして微笑む。

形のいい唇を舐める仕種がひどく艶冶に映った。

「奏真さんの恍惚顔も最高でした」

「まさか飲むなんて、早速の野獣化だね」

「まだ、ほんの序の口ですよ」

「え？　…ちょっと、なに⁉」

優しい手つきながら身体を反転させられ、俯せで腰だけ高く掲げられた。

首をひねって背後を見ると、開いた脚の間に蓮見が座っている。彼の面前に秘部をさらけ出した状態だ。

淫らすぎる体勢を変えようと試みる間際、割り開かれた双丘の狭間にためらいもなく口をつけられて息を呑んだ。

舌と指で入口をつつくようにされて、制止をかける。

「蓮見くん……じゃなかった。紘哉、やめて！」

「奏真さんとひとつになるための準備で、ここを濡らすだけです」

「それなら、ローションでいいよね？」

「あいにくですが、俺は舐めてほぐしたいタイプなので」

「舐っ……」

「あなたの身体の奥の奥まで、舐め尽くさせてください」

「過激な発言……っあう」

後孔にやわらかい物体が押し入ってきて、声をあげてしまった。

尖らせた舌らしきものにつづき、指と思しき固いものを感じる。唾液のぬめりを借りてか、粘膜内を探るようにゆっくりと慎重に指が進み始めた。

「っく…んぅう……んっ」

当初は異物感を拭えずにいたが、内部の一点をかすられた拍子に腰が揺れた。

今のはいったいと眉を寄せた瞬間、また同じ箇所をこすられて、背筋から脳天にかけて電流じみた感覚が駆け抜けた。

知らず、あられもない嬌声がこぼれる。

「んあぁ……あっ、ぁんん…あっあ」

「ここか」

「や……な、に？　……あ、ああっ」

「奏真さんの悦いところです」

「ふあっ、んゃあ……だ、め……そこ、触らな…っ」

「聞けませんね。しっかりほぐさないといけませんから」

「あっ、あっあ…！」

舌のかわりに、新たな指が追加されて中を撫で回された。間を置かず、さらに一本増やされてしつこく弄り尽くされる。

そこを刺激されつづけて、奏真の性器は勃起していた。

どうにか触れたかったけれど、強すぎる快感に手足の自由が利かない。シーツに押しつけようにも腰を上げさせられているので叶わず、蓮見に縋る。

「ねえ……僕の、いかせ…て？」

「自分でしてもらってもいいですよ」

「したい、けど……感じすぎて、て……無理、みたい」

「そんなに悦いんですか？」

「う、ん……ふあっ、あ…んんっ」

性器を扱かれる心地よさに、たまらず悦びの声を発した。すぐに果て、連動して彼の指を締めつけて、その刺激になおも呻く。

知らず、腰を揺らめかせていたら、唐突に異物がすべて引き抜かれた。

「ぁ……」

「まずは、あなたを味わわせてください」

「ん？　…ひあ⁉　くうぅ…っ」

後孔にぬめった切っ先が押し当てられたと思うと、熱塊がめり込んできた。

あまりの圧迫感と存在感に、息もできない。上半身が頽れた四つん這いの格好で、シーツに頰をつけて衝撃に耐える。

「奏真さん、深呼吸して」

「は、あ……っふ」

「そう。深く吸って、吐いてをつづけるんです」

「んっ…ふう……はふ…ぁ」

背中に覆いかぶさってきた蓮見に囁かれて、従順に従った。

性器にもまた指を絡められ、うなじや耳朶を甘く嚙まれて意識がそちらに向く。次第に呼吸が楽になってくると同時に、身体の余分な力も抜けていった。

多少の痛みはともかく、思っていたような激痛がないのは、彼が時間をかけて準備を整えてくれたおかげだろう。

隘路を掻き分けて熱杭が奥まで辿り着き、襞越しにその脈動を感じ取った。

蓮見のほうを振り返り、吐息まじりに確かめてみる。

「きみと……ひとつ、に……なれたの?」

「ええ」

「僕の、中で……きみのが……ドクドク、してる…ね」

「あなたの中は、熱くて狭くて抜群の居心地です」

「気持ち、いい…んだ?」

「この上なく」

「そっか……よかっ…た」

「まだ、本番はこれからですよ」

「ん? …んぁ、ああ!」

腰を引かれて粘膜ごと引き摺り出されそうになるも、再び屹立を押し込まれた。それを幾度か繰り返されたあと、今度は筒内を攪拌される。

さきほど見つけられた奏真の弱点を突かれるせいで、嬌声が止まらなかった。

「や、っあ……んう…あぁっあ」

「絡みついてくる。初めてなのに、素質がありますね」

「知ら、な…ゃあ……あ、あぁ…ん」

「なにげに、腰も俺に押しつけてますし」

「言わ…な……んふっ」

「奏真さんがエロい分には問題ありません」

開発し甲斐があると笑いまじりに言われて、さすがに恥ずかしい。最終的には、蓮見なしではいられない身体にするともつけ加えられた。

温厚な人柄に秘められていた情熱的な素顔が意外だと考えるそばから、抜き差しが激しくなっていく。

性器がまたも芯を持っていて、いたたまれなかった。

「あっ…んぁん……も、ああっ…あ」

「奏真さん」

欲情にかすれた声音が耳元で響き、なおも抽挿がエスカレートする。

腰骨を強く摑まれ、深々と打ち込まれた熱楔が最奥を抉った瞬間、達していた。次いで、身体の深部が熱いもので濡れる感触を覚える。

「んっあ？　……あ、あ、あ……ん、んんぅ」

なんとも言えない感覚に身をよじりつつ、蓮見が射精したと思い至った。

今さらだが、なにもつけずに挿入されていたらしい。

それを知っても、マイナスの心境になるばかりか、彼を直に感じられてうれしいとの感想しか持たなかった。

最後の一滴まで媚襞にこすりつけるように、ゆったりと腰を送られる。

やがて、つながりをほどかれて、鼻にかかった吐息をこぼした。

注ぎ込まれた精液があふれてきて下肢に力を入れたが、内腿からしたたる。脚を閉じ合わせるより早く仰向けにされ、脚の間に蓮見が上体を倒してきた。

軽く啄まれたあと、唇同士を触れ合わせたまま微笑みかけられる。

セーフセックスを心がけていたので、生でしたのも、中出しも、奏真が初めてだと囁かれて照れた。

「そうなの？」

「本当は、だめなんですが」

長年の想いが叶って、がっついたと吐露した彼に、かまわないと返す。

さきほど思ったことも言い添えると、舌を搦めてくちづけられた。ほどなく解放された唇で、さらにつづける。

「できれば、きみの最後の恋人になりたいかな」

「一生、あなたを離すつもりはありませんよ」

「なんだか、二人でプロポーズし合った感じだね」

「承諾の返事がもらえてなによりです」

「ふつつか者だけど、これからもよろしくお願いします」

「こちらこそ。独占欲が強くて嫉妬深い男ですが、前言撤回は聞き入れませんので」

「僕もそうみたいだから、大丈夫だよ」

今回、蓮見の同級生の件で、自分が案外、妬くタイプだとわかった。

我ながら意外で驚いたけれど、すごく好きなんだなと痛感したとも告げると、面映ゆげな笑みを浮かべられる。

「結婚指輪は後日、贈ります」

「今度の休みにでも、一緒に買いにいかない？」

「奏真さんがそれでいいなら、ぜひ」

にこやかに了承されて微笑み返しながら、そうだと考えついた。

まだなりたてとはいえ、生涯の伴侶になったのだ。他人行儀な言葉遣いは、いい加減にやめてくれるよう頼む。

「名前も呼び捨てにして」

「わかりまし……わかった。ただし、職場では今までどおりにさせてもらう」

「うん。僕も仕事中は『蓮見くん』って呼ぶから」

「了解。じゃあ、あらためて婚約初夜ってことで」

「えっ……な!?　……ふあぁう」

両膝裏を持たれて大きく開かされ、すでに潤んでいる後孔を熱塊で穿(うが)たれた。

蓮見の回復力に驚く間にも、注がれた淫液が押し出されていく。それが潤滑剤がわりになって、一度目よりもすんなりと受け入れてしまった。

すべてをおさめ切った彼の手が膝から離れた。

奏真の顔の両脇で互いの指を絡めて手をつなぎ、したたかな腰使いで脆弱(ぜいじゃく)な箇所を的確に突いてくる。

「くぁ、んっん……あっ、あ…んあ」

律動が不規則なので先が読めず、ひどく惑乱した。

なにより、局部からの水音が耳に届き、羞恥心を煽る。蓮見を押し込まれるたびに、あふれる精液が臀部にかけて伝い落ちるのも恥ずかしかった。

「ん、っあ……ゃ」

「ここが弱いな」

「あうっ…んん……だ、め……ああっ」

「その声だと、『もっと』って意味に聞こえる」

「違っ……あっあっあ……んぅあ…あぁ」

ひときわ感じ入る場所を重点的に攻め立てられて、髪を振り乱す。

あまりにも過ぎる快感が次第に怖くなってきた。経験がない分、このままつづけられたら自分がどうなってしまうかわからずに不安になる。

目尻や頬へキスしてくる蓮見に涙眼で制止を訴えたものの、笑顔で流された。

粘膜内への刺激で反応を示す性器が互いの腹筋でこすれ、肌を濡らす。

絡めた大きな手に爪を立てたが、深いくちづけで呼吸困難に陥りかけた。

「っふ…ん……や、め…っ」

かぶりを振り、どうにかキスをほどいて吐息をむさぼる。唇は自由を得ても、抽挿は如才なくつづいていた。

どうにか止めるべく、両脚で彼の胴を挟んでみる。

「え？」

「腰に脚を巻きつけてくるなんて、積極的だな」

「俺の動きに合わせて腰を振ってくれていいんで」

「⁉」

そんなつもりはまったくなかったので一瞬、唖然とした。

即座に我に返り、違うと否定しようとする寸前、上から突き下ろすような勢いで内壁をこすり立てられる。

それまで以上の激情をぶつけられて、身悶えた。

「ああっ……ゃ…あああ、あぅ」

「動かないんだ？」

「ん…っはあ、あ……できな……ああ」

「だったら、こっちはどうだろう」

「なに……紘っ……くう…っんん」

突然、手をほどかれたと思ったら、腰に両腕を回されて抱き起こされた。

胡座をかいた蓮見の膝の上に、彼を跨ぐ格好で向かい合わせに座らされる。含んだままの淫杭の角度が微妙に変わり、小さく呻いた。

自らの重さでいちだんと深く蓮見を迎え入れる結果になり、取り乱す。

不安定な体勢も相俟って、目の前にある逞しい肩に縋りついた。抗議の意図を込めて、首筋に軽く歯を立てる。

「！」

その途端、体内の楔がなおも嵩を増して息を呑んだ。

自分の行為が甘えるように可愛らしく噛みついてきたと受け取られるとは、想像もしていない。

バスルームで見た彼は自分よりもかなり立派で、規格外のサイズだったのに、まだ育つのかと驚いた。

みっしりと埋め込まれた屹立が脈動し、存在感を示す。

さらなる膨張は勘弁してほしくて、顔を上げて懇願する。

「もう……大き、く……しないで…」

「誰のせいだっていう話だな」

「ん？」

「無意識だとすると、生来の誘い上手か」

「紘、哉…？」

「まあ、俺を煽った責任は取ってもらおう。獣になれって言われてるし」

「んぁああ！」

両手で双丘を割り開かれて、いちだんと奥を突き上げられた。

シーツに膝をついて逃れようとしたが、身体が言うことを聞いてくれない。持ち主ではなく、法悦を与える蓮見の言いなりだ。

深みを捏ね回していた熱塊が、今度は浅い部分で小刻みに蠢く。

そうこうするうちに、ぎりぎりまで引き抜かれ、根元まで一気に押し入るということを何度となくされて、あえかな声をこぼしつづけた。

鎖骨や乳嘴なども舐めたり、甘噛みされたりして乱れる。

彼の肩や背中に爪を立てるつど、なぜか中にある熱楔が勢いづいて困った。奏真の弱い部分を集中的に攻め、とめどない快楽に溺れさせる。

蓮見との間でこすれていた性器が果てたけれど、さほど量は出ない。

吐精で引き絞った後孔を大胆に突かれたあと、最奥に熱い飛沫(しぶき)がたたきつけられた。

「ふ、ぁ……ああっ……あ、んっあ」

「奏真」

「っ……んんぅ」

熱っぽく名前を囁かれて胸が躍り、至近距離の黒い双眸と視線が絡む。

蠱惑(こわく)的な表情に思わず見蕩れていると、整った顔が迫ってきた。

二度目の射精を身の内に受けながら、ねっとりとキスされる。息苦しくなっても離してもらえず、吐息を奪われつづけた。

彼の襟足を摑んで引っ張り、顎が疲れ始めた頃にようやくほどける。

「は、ふぅ……んん……息、できな…いし」

「鼻でできる。というか、色気が尋常じゃないな」

「きみの、ほうこそ」

「俺が？」

「うん。すごく、なまめかしい……感じ」

「そそられる？」

「そ…ういう……わけ、じゃ……って、わ⁉」

また体勢が変わり、今度は上体をシーツに倒した蓮見の上に馬乗りになっていた。

恐ろしいのは、たった今、極めたばかりの彼が早くも硬度を取り戻していることだ。

当然のようにつながったまま、両膝を立てられてうろたえる。そうされると、結合部はおろか、奏真の恥部すべてが蓮見の目に晒されてしまう。

濡れた下生えや性器を隠すべく、両手でそこを覆う。

「手を、離してっ」

「だめだな」

「紘哉？」

「俺のものを悦いところに当てて、自分でいって、俺もいかせてほしい」

「なっ……」

初心者にはハードルが高すぎる要求だった。

無理だと正直に告げるも、大丈夫と微笑を返される。

「ちゃんと手伝うし、フォローもする」

「最初から、きみが全部……したほうが…」

「お互いに野獣になる約束だ」

「う……でもっ」

「ほら。はじめ」

「ひぁあ！　…んう、ん……っく」

　下からゆるやかな突き上げを食らい、声をあげてしまった。

　危うく背後に倒れかけた身体が、立てた彼の両膝で支えられて止まる。奏真の脚をやわやわと撫でてくる仕種もくすぐったくて、身をよじった。

　羞恥に頰を染めつつ、見下ろした先の双眼を恨めしげに睨む。

「意地悪、なんだね」

「否定はしない。ベッドの中限定だが、こんな俺は嫌いか？」

「…好きに、決まってるし」

「そうこないとな」

「ん、っは……あっ…ああ、ぅんん」

　今度は腰を揺すられて、背筋を駆け上った悦予に胸を反らした。

　譲る気ゼロとわかり、奏真も開き直る。考えてみれば、蓮見をじっくり愛撫できる機会なので、楽しまなければ損だ。

　片手を伸ばし、まずは形のいい唇に指先で触れた。

　悪戯心を起こして口の中に指を入れると、笑みとともに銜えて舐められる。まるで口淫みたいに扱われ、いっそう淫らな気分になった。

　引き抜いた指を自らも舐め、次に彼の上半身に触る。

自分がされたことを思い出しながら、上体を倒して素肌に唇を這わせた。吸い痕もつけていき、乳嘴にもちょっかいをかける。

舐めたり、噛んだり、舌先で転がしたり、押しつぶすようにしたりする。

「くすぐったいな」

「あれ？　そろそろ、ジンジンし始めるはずなのに」

「あいにく、しない」

「ふうん。そっか」

感じ方は人それぞれだろうからと、早々にあきらめた。

いよいよ、蓮見自身を奏真の快感スポットに当てる行為に移る。引き締まった腹部に両手をつき、ひとつ息をついてから腰を揺らす。

やってみたら案外、楽しさと快感が恥ずかしさを上回って夢中になった。

腰を前後左右に揺らし、ときには回すなど、感じる方法を思いつく限り試す。気づけば、片手で自らを扱きながらという大変な事態になっていた。

「あ……っあ、んん…ぁん……くっあ」

「なんとも贅沢な眺めだな」

「ふ、ぅん……きみ、も……触っ…て」

「どこを？」

「ど…こ、でも…っ」

「なら、ここにするか」

「んあぅ……嘘っ⁉ …紘哉……ああっあ！」

双丘を撫でられたと思うと、おもむろに後孔へ両手の指を一本ずつ挿れてこられて周章した。

そうでなくても狭いところに蓮見を受け入れていて、余裕などない。

無茶だとおののき、咄嗟に動きを止めて縋るように見つめた。

「やだ…ぁ」

「意外といけるんで大丈夫だ」

「そん、な……んふ、あ…あっ」

できた隙間から彼の精液があふれていく感触にも身じろぐ。

つけ根までゆっくりとおさめられたあと、内襞をこするようにされた。思いがけない愉悦に瞠目しつつ、胸を弓なりに反らす。

「っふ、は……あっう」

「悦さそうで、なにより」

「な、んで…っんん……あ、っあ…」

「身体の相性がいいんだろう」

「そう…いう……問題？」

「大事な問題だ」

「そ、かな……あぁっ…ん」

「つづけて」

なおも筒内を弄って促され、ゆるやかに腰を動かした。

柔襞を指でつつかれる刺激すら、やがて悦楽にすり替わる。膝を立てたまま、甘い吐息を振りこぼして一心に法悦を追った。

ほどなく絶頂を極め、知らず蓮見を肉環で締めつける。

「っんく……ふ、んぁ!?」

不意に指が引き抜かれた直後、双丘を鷲摑み（わしづかみ）にされて彼の腰をぐっと押しつけられた。ほどなく、体内に熱い奔流を感じる。

慣れない感覚を身を震わせてやり過ごし、すべてを受け止めた。

目が合った拍子に微笑みかけ、上体を倒して蓮見の唇を啄む。すぐに顔を離して、口角にキスしながら言う。

「なんとか、きみの要望に応えたよ」

「素晴らしすぎるひとときだった」

「ちゃんとできてた？」

後孔から淫液が漏れる。

「よかった。ひとまずは安心……って、なに？」

彼に乗り上げるような体勢でいた身体がシーツに横たえられた。その拍子に楔が抜け、
慌てて力を込めたそこを覗き込んでこられて、さすがに頬が熱くなった。

「紘哉っ」

「俺のもので濡れてるのを見るのも、独占欲が満たされるなと」

「わ、わかったから、もういいよね」

「見たら見たで、また欲しくなるんだが」

「また？　……っあう…んく、あぁぁあ！」

復活を遂げていた蓮見に貫かれて、身をよじった。無意識に逃れようと上へずり上がったが、長い腕に抱き込まれて引き戻される。

立てつづけの行為に疲労を覚え、眼前の胸元を拳で弱々しくたたいた。

せめて、少しの間でいいから休ませてくれと訴える。

「お願い……だよ。五分だけ…でも」

「無理だ」

「どうして？」

「十年間待ったんで、今は歯止めが利かない」

「そ……」

「俺の気がすむまではやめられないな」

「…ちなみに、落ち着くまで……どのくらい、かかるの？」

「最短で、今夜一晩」

「……」

最長だと夜が明けてもつづけるとの発言に、沈痛な面持ちを浮かべた。

自分の体力と身体が持つか、果てしなく不安になる。間違いなく持たないと予想がつく上、素朴な疑問を口にする。

「きみ、も……疲れる…よ、ね？」

「リカバリーには自信があるんで」

「僕は……確実に、力尽き…る」

「あなたは感じてさえいてくれれば充分。後始末も全部、俺がやるし」

「それは、ちょっと……んあ…あっあっ……んふぅ」

ゆるやかだった腰使いが激しさを増し、鋭敏になり果てた粘膜をこすり立てる。

注がれたばかりの精液が押し出され、あふれていってくすぐったかった。乳嘴や腋下（わきした）、首筋などへも唇が這い、肌を吸われて鬱血痕を刻まれる。

奏真の唇に唇を重ねてきた蓮見が甘やかに囁く。

「愛してる。奏真」

「あ……僕、も…」

「きちんと聞きたい」

「…紘哉を、愛してるよ」

「うん」

「これ、からも……ずっと…きみの、もの……あっああぁあ！」

誓いの途中で深奥を突かれて、悲鳴に近い声を放った。

このあと、宣言どおり、途中で気絶しながらも、翌朝まで蓮見に抱かれつづけて泣き濡れた。

何回、彼を受け入れたのかはわからない。

最後のほうは意識も曖昧で、なすがままになり、言葉に違わず二人そろって野性に返っていた。

浴槽でさらに羞恥にまみれた後始末をされ、シーツを替えたベッドに運ばれて蓮見の腕の中で眠りについた。空腹で昼過ぎに目が覚めた際、彼がつくってくれていたサンドイッチを食べて、再び寝た。

次に目覚めたときは夕方だった。身体はだるかったが、蓮見がそばにいるのがとてもうれしくて幸せな気持ちになる。

甲斐甲斐しく世話を焼いてくれるから、なおさらだ。

ソファでキスをねだり、甘い時間に浸っているとき、ふと思い出した。

そういえば、今日、実弦が連絡すると言っていた。ソファに置いていたバッグからスマートフォンを取り出すと案の定、着信が何件もある。

「実弦だ」

「電話するのか？」

「今はやめておくよ。きみとのことを隠せないしね」

「それが無難だな」

「帰るまで、紘哉を堪能したいな」

「いくらでも」

降ってきた唇に、今後は自分とのメールは実弦に見せないようにと言われて素直にうなずいた。

あとがき

こんにちは。もしくは、初めまして、牧山です。

このたびは、『フローリストの厄介な純愛～ニオイスミレとローズマリー～』をお手に取ってくださり、ありがとうございます。

今回は、花屋さんが経営するハーブティー専門店のカフェを舞台にした話です。

カップリングはカフェのマネージャー×カフェオーナー兼フローリストになります。

ちなみに、私も花はとても好きです。この本が出る頃の春がいろんな花々が咲き乱れる時期で、個人的には最も美しい季節だと思っています。

ここからは、皆様にお礼を申し上げます。

まずは、ほっこりと優しく、味わい深いイラストを描いてくださいました古澤エノ先生、ご多忙な中を誠にありがとうございました。

物静かな美形攻めと、一見繊細そうに見える綺麗系の受けを素敵に描いてくださり、ありがとうございました。古澤先生の描かれる植物も大好きなので、仕上がりが楽しみです。

担当様にも大変お世話になりました。また、編集部をはじめ関係者の方々、ＨＰ管理等をしてくれている杏さんも、お世話になりました。

最後に、この本を手にしてくださった読者の皆様に、最上級の感謝を捧げます。ほんの少しでも楽しんでいただけましたら、幸いです。

お手紙やメール、贈り物も、ありがとうございます。

それでは、またお目にかかれる日を祈りつつ。

牧山とも　拝

二〇二〇年　春

牧山とも　オフィシャルサイト　http://makitomo.com/

Twitter　MAKITOMO8

本作品は書き下ろしです

牧山とも先生、古澤エノ先生へのお便り、
本作品に関するご意見、ご感想などは
〒101-8405
東京都千代田区神田三崎町2-18-11
二見書房　シャレード文庫
「フローリストの厄介な純愛～ニオイスミレとローズマリー～」係まで。

フローリストの厄介な純愛～ニオイスミレとローズマリー～

【著者】牧山とも

【発行所】株式会社二見書房
東京都千代田区神田三崎町2-18-11
電話　03(3515)2311［営業］
　　　03(3515)2314［編集］
振替　00170-4-2639
【印刷】株式会社 堀内印刷所
【製本】株式会社 村上製本所

落丁・乱丁本はお取り替えいたします。
定価は、カバーに表示してあります。

ISBN978-4-576-20056-9

https://charade.futami.co.jp/

CHARADE
BUNKO

今すぐ読みたいラブがある!

牧山ともの本

武将たちが寵を競うトンデモ異世界にタイムスリップ!?

戦国をとこ大奥

~異世界で男だらけの茶の湯合戦~

イラスト＝藤 未都也

大手製薬会社の研究職にして武家の血筋の文武両道、そしてゲイの典秀が、信長が天下統一を果たした並行世界にタイムスリップ! 武将たちが主君の寵を競う男色ワールドで、信長の弟で側室の清楚な美貌の茶人・長益に助けられる。絶対手出し無用の相手と知りながら、無垢な色気に典秀の理性は決壊寸前!?

今すぐ読みたいラブがある!

牧山ともの本

ドSとS、どちらの教え方にしますか?

美・MENSパーティ

この美メン、潔癖につき

イラスト＝高峰 顕

男性限定の異業種交流会というのは表向き。とある理由から定期的に開催される美男の集い、美・MENSパーティ。兄の代役で会場を訪れた碧羽は予備校担当講師・桐谷の姿を見つけ…。

身も心も、義兄君だけのもの……

花の匣(はこ)
～桜花舞う月夜の契り～

イラスト＝周防佑未

蒸栗色の髪に翡翠の瞳――異相に加え、異能を操る力を持つ大臣家の側室の子、壬生敦頼。嫡男で跡継ぎの異母兄・雅宗とは人目を忍ぶ恋人同士だが…。愛の平安夢幻譚!